悪役令嬢のモブ姉ですが、攻略してないのに腹黒陛下に溺愛されています!?

奏多
✦
Illustration
藤浪まり

JN112569

gabriella books

悪役令嬢のモブ姉ですが、攻略してないのに腹黒陛下に溺愛されています!?

contents

プロローグ　波乱の舞踏会 …… 4

第一章　想い人は、謎めく美貌の恩人 …… 29

第二章　淫らなレッスンと約束 …… 55

第三章　本当のあなたを教えて …… 79

第四章　新米王妃は負けない …… 124

第五章　ハネムーンは甘やかに、陰謀はしたたかに …… 170

第六章　アルディアより祝愛の鐘を …… 236

エピローグ　あなたと生きていくために …… 281

あとがき …… 300

プロローグ　波乱の舞踏会

その夜、豊穣《ほうじょう》の女神アルディア信仰が盛んなアルディア国で、宮廷舞踏会が開かれた。

荘厳で豪華な大広間に、色取り取りの新作ドレスをまとった貴族令嬢たちが集い、その煌《きら》びやかさは壮観だ。

この舞踏会は、一年前に即位したアルディア国王――聖王と呼ばれる君主の二十四年目の生誕を祝うものだが、それは表向きのこと。

懸案《けんあん》だった王太子妃がまだ決まらぬうちに前王が急逝し、国内改革を最優先して遅れたが、事実上、王妃選びの場なのだ。

舞踏会に招待されたのは、高位貴族の令嬢で、公爵家、侯爵家、伯爵家が主だ。

家の命運がかかっている責任重大な任務だけに、当然、令嬢たちの気合いの入れ方は普段の茶会や夜会のものとは違う。

やがて、楽師たちが奏でる軽快な円舞曲《ワルツ》の調べに乗り、ひと組の男女が踊り始めた。

プラチナブロンドの髪を揺らす、輝かんばかりの美しさと威厳を誇る聖王ライオネルと、ストロベリーブロンドの髪を靡《なび》かせた、二十一歳になる侯爵令嬢セシリアである。

ふたりの踊りは実に優雅で、初めての相手とは思えぬほど息が合っていた。

聖王は優しげな微笑《ほほえ》みを浮かべながら、琥珀色《アンバー》の瞳を愛《いと》おしげに細め、淡いラベンダー色のドレスを着たダンスの相手を見つめている。

それでなくとも、大勢の前で王直々に求婚された上での、合意のダンスなのだ。

最高の名誉と幸福に与《あずか》れた令嬢に、嫉妬と羨望の視線を送る観衆は、誰ひとりとして気づいていなかった。

脚光を浴びている令嬢が、あまりの混乱の極みに、半分意識を失いかけていることは。

そんな状態でも、ドレスを翻して華麗なステップを踏んでいるのは、毎日夜、ダンスの猛特訓に励んでいた賜物《たまもの》だ。

ただしそれは、ダンスが苦手な妹の練習に、付き合っただけのこと。

そう、本来聖王と踊るのは、自分ではなかったのだ。

このルートで聖王を攻略する主役《ヒロイン》は、悪役令嬢。

それは七年前から定められていた、絶対不変な決定事項のはずだった。

それなのになぜ、聖王に選ばれたのが自分だったのだろう。

どこで、フラグを立て間違えてしまったのだろう。

自分は――悪役令嬢の姉、ただのモブにしかすぎないのに。

◇・◇・◇

時はわずかに遡《さかのぼ》る――。

聖王がまだ現れていない大広間には、美しく着飾った令嬢たちの野心と服飾で、過度にぎらついていた。

その中心で華やかさを誇っているのは、吊《つ》り上《あ》がり気味の大きな猫目をした女性だ。

燃え盛る炎のような赤髪を大きく縦巻きにして、黒いクジャクの扇子を広げている。

胸の谷間を強調した大胆なドレスは、扇情的な黒と赤が基調。色香を漂わせる黒いレースがふんだんに使用され、服地には煌《きら》びやかな刺繍《ししゅう》が施されている。

しかし下品さはなく、逆に知性を際立たせる、迫力ある悪女風美人である。

間違いなく、この場の主役は彼女だ。

「今夜は一段と素敵……！　我が愛しの悪役令嬢、グローディア……！」

その時、壁にぽつんと立っている令嬢から、恍惚《こうこつ》とした声が漏れた。

春の訪れを感じさせる、ストロベリーブロンドの髪。

神秘的なアメジストの瞳。

清楚《せいそ》な顔立ちをした侯爵令嬢――セシリア・アンフォルゼンだ。

瞳の色を淡くしたかのようなラベンダー色のドレスは、彼女の顔立ちによく似合い、慎《つつ》ましやかな女性らしいデザインではあるが、この場では地味すぎるものだった。

「いけない、これからはそんなに気安く呼べなくなるのに」

セシリアは、アメジストの瞳を寂しげに細めると、両手を合わせ、この国を加護する豊穣の女神に祈りを捧《ささ》げた。

「女神アルディア様。七年間、この舞踏会イベントに到達するために、不必要なフラグはすべて折り、そして必要なフラグはすべて立て、王妃にふさわしい女性になるよう努力して参りました。どうぞ、我が妹を聖王陛下との〝隠し溺愛ルート〟へお導きくださいませ」

生まれも育ちもアルディア国であるセシリアが、異世界の限定された記憶に目覚めたのは、社交界デビューを次年に控えた十四歳の頃。馬から落ちて頭を打った時だった。

自分は日本という国で生まれ育った、枯れたアラサーOLだったこと。

唯一の潤い源が、『遥《はる》かなるアルディアより祝愛の鐘を』という女性向け恋愛ゲームであったこと。

そのゲームのヒロインは公爵家の養女で、女神アルディアの祝福の力を駆使することで、七人の美貌の王族や貴族男性から愛される。その男性キャラクターのスチルがまた、神絵と話題になるほど美麗で、進め方によっては彼らとの過激な濡《ぬ》れ場《ば》もある。

ハッピーエンドになるとは限らず、切なさ溢《あふ》れるメリーバッドと呼ばれるルートも多数あり――などなど、〝推しゲーム〟の情報と、萌《も》えと愛が多量に流れ込んできて、たんこぶ程度の怪我《けが》だったはずのセシリアは、三日三晩、熱で寝こんだ。

熱が引いても、二重で夢を見ているかのように意識が混濁する中で、心配する家族からの話と、セシリアが溺愛する四歳年下の妹の顔を見て、彼女は突如悟った。

この世界はゲームの舞台であり、自分は、最推しだった悪役令嬢グローディアの姉に生まれ変わったのだと。

ゲームでは名前はない。一度しかない登場シーンで顔の造作を省略され、紫のドレスを着ていただけのいわゆるモブだった。

当然役目などなにもなく、いてもいなくても、どうでもいい存在である。

一方、血が繋《つな》がった実妹は、華やかな美女として、どの攻略ルートにも必ず現れる。

登場の際には決まった音楽も流れるほど、特別待遇を受けているが、ヒロインに仇《あだ》なす希代の悪女――悪役令嬢として最後には断罪され、実家の侯爵家は断絶になる。

前世の自分は、ヒロインよりずっと、悪役令嬢の方が好きだった。

彼女は根っからの悪人ではなく、彼女なりの信念に基づいて行動していたが、やり方がまずかった。自らの誇り高さゆえに、可愛《かわい》げがないと蔑まれる中で、毅然《きぜん》として命を散らす彼女に、幾度涙を流したことか。

ある日、そんな悪役令嬢が主役となり、断罪されず幸福になる特別ルートが、ゲームに隠されていることを知った。

相手は本編で非攻略キャラだった聖王。

アルディア国王ということ以外、一切の情報が開示されておらず、自分と同じ完全に脇役のくせに、ゲームでは一番の超絶美麗スチルが用意されていた。

彼とのルートは、グローディアとの甘々な溺愛物語らしいと噂《うわさ》を聞き、これは絶対にやらなければと息巻いたものの、どんなに分析しても隠しルートへ進めない。

ネットで調査をする際に知り合った仲間たちと情報共有をしながら、連日徹夜の末、ようやく入り口を見つけた日。仲間からのリアルな実況中継をスマホで聞きながら、ゲーム開始より先に祝杯のビールを買いにコンビニへ行き、その帰りに事故に遭《あ》ったのだ。

『今、舞踏会イベントで聖王が光ったあと、グローディアの首の痣《あざ》からも、女神の祝福の光が出て、聖王との「つがいの印」になった。求婚した聖王がグローディアとダンスを……ぐはっ、聖王のスチルに悶絶《もんぜつ》！　このあとの初夜スチルは期待大……』

……それを最後に、ぷつんと記憶は途切れている。

志半ばで倒れた無念さを、強く引き継いだセシリアは思ったのだ。

たとえ自分がゲームで必要とされないモブであっても、未来の悪役令嬢が妹である世界に生きているのだ。姉の特権で、推しを自分好みの悪役令嬢に育てられるのでは、と。

さらに隠しルートで、自分が手塩にかけた妹が聖王の妃となり寵愛《ちょうあい》を受ければ、侯爵家も滅ぶこともなく、むしろ安泰だ。

セシリアは、萌えの充足と大団円の未来を目指して、七年間、ひたすら隠しルートへのフラグを立てたり、破滅ルートへのフラグを折ったりして裏方で奮闘した。

常に先回りして動いていたおかげで、ゲームヒロインが話題になることはなかったものの、ゲームにはない不測事態が次々に起こり、セシリアを悩ませたものだ。なんとかそれらを無事に乗り切って、こうして必須イベントを迎えられたのは、実に感慨深い。

「すべきことはやり尽くしたわ。あとはグローディアが聖王陛下に選ばれる瞬間を確認するのみ」

セシリアは妹と過ごしてきた日々を、早送りで回想した。

小さい頃のグローディアは、ちやほやされて育ったせいか、高慢で冷酷な面があった。

ゲームでの悪役令嬢の萌芽《ほうが》であり、後に断罪へと追い込まれる要因となる。

ゲームと同じ出来事がこの世界でも起きている以上、このままであれば、どんな形であれグローディアは不幸に遭い、アンフォルゼン家が断絶する未来は免れないだろう。

それを回避して隠しルートで聖王に愛されるよう、悪役令嬢の気の強さはそのままに、しかしゲームで〝悪役〟として嫌われた悪辣な猛毒部分を排除し、自分好みの純情なツンデレ令嬢に教育した。

だが、これから起こる出来事の対処や、悪役令嬢というこの世界にはない設定については指導できたが、貴族教育はセシリアも家庭教師から学んでいる身だ。

王妃になるためには、もっと厳しい作法や知識の取得も必要になるだろう。

遊びたい盛りだろう妹にだけ、重責を負わせるつもりはなかった。

いつだって妹の相談役になれるようにと、セシリアも一緒に学び、グローディアがそれを完全に習得するまで、真夜中過ぎになろうとも練習に付き合った。

ふたり疲れ果て、よく一緒のベッドで眠ったものだ。

グローディアの資質を矯正して、理想の悪役令嬢に育てることは簡単なことではなかったが、妹を案じる姉の愛情が実を結び、やがてグローディアはセシリアに心を開いて、変化していった。

――私、大好きなお姉様に褒めてもらえるよう、悪役令嬢を頑張ります！

悪役令嬢の姿をしていても、グローディアの素は、純真無垢《じゅんしんむく》で可憐《かれん》。春のそよ風のように笑う甘えっ子で、懐《なつ》いてくる彼女を見ているだけで、心も解《ほぐ》れてくる。

存在感が薄すぎて、両親ですら置き去りにしても気づかないモブな姉を、妹だけはいつも必死に見つけ出し、とびきりの笑顔を向けてくれた。

グローディアは自分だけがちやほやされるのをよしと思わず、必ずセシリアにも同じ待遇を望んだ。

妹に誘われて夜会に出ても、セシリアは目立つことはなく、存在を無視されるのが常だ。

場の中心にいる妹を誇らしげに眺めて壁の花……否、壁の一部となっているセシリアに、グローディアはわざと話しかけて、話の輪に入れた。外向け用のツンとした顔のまま、姉がひとりで寂しくないようにと、手を差し伸べるのだ。

そのおかげで今では、周囲から声をかけられ、存在を認めてもらえている。

――どうしてグローディアの髪は、巻き髪《ドリル》が作りにくいストレートなのかしら。

――私、悪役令嬢でなければ……こういう赤色と黒色のドレスではなく、お姉様とお揃《そろ》いで、可愛いピンク色のドレスを着て、社交界デビューしたかったの。

――グローディアは、お姉様の自慢の妹になれていますか？

優しく可愛く努力家の妹のどこが、傲慢で可愛げのない悪役令嬢なのだろうか。

今のグローディアであれば、きっと聖王もギャップに悶《もだ》えて、愛してくれるだろう。

この七年、姉を慕い、健気《けなげ》に頑張ってきた妹には、最高に幸せになってもらいたいのだ。彼女には十分、愛される要素がある。他ルートのように嫌われる令嬢ではない。

未来永劫《みらいえいごう》、女神の祝福に包まれ、誰よりも幸せになってほしい。

大好きな可愛い妹――。

今日は絶対に、こちらを振り返るなと言っている。

今後はもう、グローディアを遠くからでしか、見つめることはできないのだ。

（幸せになるのよ、グローディア……）

涙腺が緩みそうになるのを必死に堪えていると、ふと礼装をした男性が目に入った。

ダークブルーの髪に、透き通るようなアイスブルーの瞳。

精緻な氷の彫刻の如き美貌を持つ、冷ややかさを強く感じる男性だ。

彼は、聖王直属騎士団の副団長を務めている、アレク・スタイン。

騎士としての功績を認められ、父親と同じ伯爵の地位を叙爵している。

他の騎士団員たちは軍服姿で広間の外で待機しているから、軍服を着ていない彼は、伯爵としてこの場にいるようだ。

目が合うと、アレクは小さく頷《うなず》き、視線をグローディアに戻した。

（女神の祝福を受けた王妃が誕生すれば、それを阻もうとする野蛮な輩《やから》が、グローディアに攻撃するかもしれない。この世界にゲームと違う部分がある限り、警戒していた方がいいわ。すぐに駆けつけられる距離から、しっかりとグローディアを警護してね、アレク）

アレクは、幼い頃からよく一緒に遊んだ、セシリアよりひとつ年下の幼馴染《おさなな じ》みだ。

今は仕事柄なのか、寡黙で無愛想になってしまったが、昔は活発な少年だった。

昔はアンフォルゼン家より下位の家柄であることを見下すグローディアを敬遠していたが、彼女がそうした性格を改善しようと奮闘し、可愛らしい素の部分を見せ始めるにつれ、認識を改めたようだ。

妹のように可愛がるようになり、グローディアも素直に懐くようになった。

アレクは、ゲームでは攻略キャラのひとりだった。

彼を攻略するために、いつゲームヒロインが現れるかわからない。

またルートによってはグローディアとアレクが婚約することもあり、その未来ではグローディアがアレクによって娼婦《しょうふ》に堕《お》とされた。それらを未然に防ぎたくて、セシリアは先手を打った。

――アレク、お願い。舞踏会イベントが起きるまで、わたしと婚約してほしいの。

アレクは、セシリアが前世の記憶を思い出すに至った落馬は、自分の不注意のせいだと罪悪感を抱えていた。だからこそ当初は、妙なことを口走るようになったセシリアに、悲痛な目を向けていたが、やがてセシリアの言う通りのことが実際に起きると、前世……というよりは、予言の力に目覚めたと解釈したようだ。

アレクにゲームヒロインなどグローディア以外の婚約者がいることで、隠しルートに至るフラグのひとつが立つ。それがなければグローディアは幸せにならないのだと、涙ながらに訴えたことで、アレクも協力してくれたのだ。

舞踏会イベントを起こすためだけの、期間限定の婚約者のふり。

嫁の貰《もら》い手《て》がないから、侯爵家の威光を使って婚約を無理強いしたのだろうとか、アレクは弱みを握られているのだとか噂されたが、構っていられない。

偽装婚約の対価として、アレクにはゲーム知識を使って、実家を交易断交の危機から救ったり、アレクが昇進するよう情報提供したりと、何度も協力してきた。

さらに家名に傷がつかないようこっそりとなら、互いの恋愛の自由を認めている。

明日から、ただの幼馴染みに戻ることに寂しさは感じない。ただ、ありがとうという、感謝の気持ちが込み上げるだけだ。それは、本人にきちんと伝えよう。

(アレクはいつまでたっても、弟にしかすぎなかった。だけど〝彼〟は……)

黒髪と黒い瞳のある男性を思い浮かべ、セシリアは静かな微笑をたたえた。

この七年、グローディアと家のために奔走し、自分の未来は考えずに生きてきた。

でもグローディアが聖王に選ばれたら、安泰となる侯爵家の行く末は弟に任せて、モブでも幸せになってもいいだろうか。

素直に彼の胸に飛び込んで、今まで言えなかった愛を告げてもいいだろうか。

（彼が本当にわたしを選んでくれるのなら……）

突如ラッパの音が鳴り響き、セシルははっと我に返る。

聖王が大広間にやってきたのだ。

周囲に倣い、セシリアも腰を沈め、深く頭を垂らした。

艶《あで》やかな声に従って顔を上げると、初めて目にする聖王の姿があった。

光が浸透したかのように輝く、プラチナブロンドの髪。

鋭さがありながらも、甘い蜜を凝縮させたような琥珀色の瞳。

優しげに整った端麗な顔は、遠目でも思わず見惚《みと》れてしまうほどのものだ。

豪華な金糸の刺繍が施された、白い王衣をまとう立ち姿は神々しく、涙が出そうになる。

ゲームの攻略キャラにするには、あまりにも神聖すぎるため、特別扱いになったという噂も頷ける。

媚《こ》びれば誰でも籠絡できる存在ならば、彼の存在意義はない気がするのだ。

（悪役令嬢と聖王のカップル……まさしく運命の、〝つがい〟の如き取り合わせね）

つがいというのは、アルディアの伝承に記されていた語だが、所以《ゆえん》は覚えていない。

聖王は幼い頃から、類《たぐ》い希《まれ》なき美しい外貌と素晴らしい頭脳を持ち、慈愛深く優しい人柄だという。

さらに代々第一王子だけが継承するという女神アルディアの力が、莫大《ばくだい》だったと言われている。

この世界で神力が使えるのは、女神アルディアに愛されたゲームヒロインと聖王のみ。

ただしゲームヒロインにあるのは、相手の好感度を上げるために必要な、魅了の力だけだ。

代々のアルディア国王には、悪《あ》しき敵から国や民を守護する結界を張る力や、儀式を通して女神のお告げを聞くことができる神託の力が授けられているという。

（グローディアも女神から祝福されて光を発するのだから、なにか特別な力に目覚めるのかもしれないけど……、舞踏会のあとの展開は知らないし……）

やがて場がざわめいた。

聖王の身体が、ゆっくりと金色の光に包まれたからだ。

それはきっと聖王が身に受けている、女神の祝福の力によるものだろう。

その光が出現したということは――。

（ついにきた！　……アルディア様、どうか聖王陛下の運命の乙女に、つがいの印を！）

セシリアは目を瞑《つぶ》り、眉間と合わせた両手に力を入れて、必死に祈りを捧げる。

首筋にぞくっとしたなにかを感じたあと、さらに光が強くなったように思えた。

ようやくグローディアに祝福の力が授かったのだと、セシリアは興奮して目を開く。

目映《まばゆ》い光に包まれた空間の中、グローディアは呆《ほう》けたような顔で、セシリアを見ていた。

得も言われぬ感覚に包まれているのかもしれないが、あまりに間抜け顔だ。

（ああ、だめよ、グローディア。王妃となる令嬢がそんな顔をするなんて！　いつもの通り毅然とし

ていないと。グローディア、教えを思い出して）

『悪役令嬢たる者、みだりに私情を露《あら》わにせず、泰然自若として構えるべし』

（グローディア、いつものツン！　ツン、ツン！）

慌ててグローディアに合図を送るが、一向に彼女の顔は元に戻らない。

焦るセシリアは、やがて自分が人々の注目を集めていることを知り、居住まいを正したが、それでも依然、大勢の視線が自分に向けられていることを訝《いぶか》った。

なぜ、聖王のように光に包まれたグローディアを見ないのだろうと。

その理由はすぐにわかった。

聖王と同じ金の光を放っているのは、グローディアではなく――セシリアだったのだ。

「ど、どうしてわたしが⁉」

（アルディア様、間違えています！　このルートの主役のグローディアは、あそこにいる悪役令嬢です！　わたしはただのモブですから！）

するとそれに応えたように、首の一部が灼《や》かれたようにちりりと痛んだ。

（アルディア様、人違いに痣違いなんですって！　そこはレッスンでつけた不埒《ふらち》なもので、聖なる痣を持っているのはグローディアです。どうぞ、やり直しを！）

セシリアが慌てふためく間にも、セシリアの光は聖王の光と結びつき、やたら意味ありげにゆらゆらと、妖しく揺らめき始めてしまった。

（アルディア様が誤解に気づかないのなら、この場から去るしかない！）

しかし、身を翻そうとしたセシリアの腕を掴《つか》み、逃亡を阻む者がいた。

「悪いな、セシル」

アレクである。

騎士団で鍛えている腕は、セシリアの力ではびくともしない。

「ちょ、なにを……！」

「――そういうこと、だ」

「どういうこと⁉」

押し問答をしている間に、目の前には聖王が立っていた。

セシリアは聖王の存在感に圧倒され、ぶるぶると震え上がりながら、片膝を曲げて深くお辞儀をする。

「顔を上げてください、セシリア嬢」

（どうしてモブの名前を、聖王がご存じなの⁉）

セシリアはぎょっとした。

国の主の前で、それを顔に出さずにいられたのは、グローディアとともに、悪役令嬢という別の仮面を被る稽古をしていたおかげだ。

訓練が役立ったことにほっとしながらも、なぜだろう。無性に顔を上げたくなかった。

しかし、聖王の命には絶対に従わないといけない。

恐る恐る顔を上げると、間近に立つ聖王がセシリアに優しく微笑みかけた。

ふたりから光はもう消えていたが、聖王自身の煌びやかさに目が眩《くら》みそうだ。

聖なる存在であるはずなのに、泉のように湧き出る色香に、頭がぐらぐらする。

あの神スチルでも描ききれなかったリアルの美貌は、なんと凄《すさ》まじいのだろう。

まじまじと見るのは不敬にあたると、セシリアはできるだけ自然に視線を落とした。

聖王は優しく穏やかな口調で、セシリアに言った。

「アルディアの古き伝承によると、国が危難に直面する際、女神アルディアが王へ、首に王との〝つがいの印〟を持つ聖女を遣わすといいます。王は聖女と契ることで、聖女から女神の力を注がれ、国難を乗り越えてきました」

（そんな設定、初耳だわ。……聖女？　古き伝承？　序盤の共通シナリオにあったのは、女神アルディアへの賛歌だけだったし）

真偽はわからないが、このルートでは、そうした設定があるらしいことは理解した。

しかし問題は――。

「あなたは……女神の祝福を受けた〝アルディアの聖女〟。他国と不穏な空気が流れる現在、女神があなたを私に寄越《よこ》したのでしょう」

意味ありげなその新設定に、なぜ自分が当てはめられているのか。

「どうか、我が妃となり、私を支えてください」

自分は、特別な役目など持たない、ただの傍観者《モブ》だ。

本命《グローディア》が選ばれたら、歓声と拍手を送るだけの、その他大勢のひとり。

聖王ほどの人物なら、それくらい見抜けるだろうに、まさかの求婚である。

（落ち着いて。とにかく落ち着くのよ、セシリア。この急展開に気絶したらだめ。冷静を保ちながら、正しいルートの形に直さないと）

聖王の不興を買ってしまったら、侯爵家は安泰どころか、即時に断絶してしまう。

セシリアは勇気をもって、震える声で言った。

「お、恐れながら陛下。わたしはただのしがないモ……貴族の娘でございます。陛下がお探しの聖女は、他にいらっしゃるかと。誰もが目を奪われる乙女が……」

わざと何度もグローディアに視線を向けて促すが、聖王は見向きもしない。

「そもそもわたしには、つがいの印などございません。ですが、そうした印を持つ乙女に、心当たりがあります。実はこの場にいる……」

しかし聖王は、そんな有益情報を無視して、笑い始めた。

「私が持つ女神の力に呼応して、光ったのはあなたひとり。運命の出逢《であ》いです。それに女神の光が私たちを結び、あれだけはっきりと、あなたが私のつがいだと主張していたでしょう？」

（主張なんてしていません！　わたしは、至って平々凡々なモブで……）

「なにより……あなたの首に出ていますよ。聖女の証《あかし》である、つがいの印が」

「え？」

聖王が指で示す首の部分、それは――。

――お前は……俺のものだ。

不意にある声を思い出し、セシリアは真っ赤な顔で答える。

「こ、これはつがいの印では……」

「では……なんだというのです？」

セシリアは言《い》い淀《よど》んだ。

想《おも》い人の唇を受けた場所だと、言えるはずがない。

聖王はそれ以上追及しなかった。目映い笑みを浮かべると、セシリアの手を取った。

「セシリア。私の求婚を受け入れてくださいませんか」

穏やかなのに、否とは言わせない強制力がある。

大勢の視線を感じる。

この中で、王からの求婚を、どうすればリセットできるのだろうか。

（なぜこんな展開に……!?　無理、無理！　わたしは彼と……ライと幸せになりたいのに）

いや待て、その前に――。

「実は、陛下。わたしには婚約者がおりまして。そこにいる副団長のアレクでございます」

形だけの、あってないような婚約だが、社交界では婚約していることは周知の事実だ。

先ほど自分を逃がしてくれなかった彼を巻き込み、仕切り直しをしなければ。

そうでもしないと、グローディアが幸せになれるルートが、正しく進まない。

すると聖王は、アレクに尋ねる。

「副団長、婚約の話は本当ですか？」

「はい、陛下」

「私はセシリアを妃にしたい。譲っていただけませんか？　あなたの欲しいものは与えましょう」

「御意。陛下の御心《みこころ》のままに」

（アレクの薄情者！　グローディアの幸福がかかっているのに！）

王直属の騎士団の副団長は、幼馴染みへの義理より、己の安寧を選んだようだ。迷う間もなく、あっさりと。

（でも婚約破棄の手続きに時間がかかると言えば、この場を切り抜けられるかも……）

しかしそんなセシリアの目論見《もくろみ》は、聖王の声によって砕かれる。

「――我、アルディア国王は、アレク・スタイン伯爵と、セシリア・アンフォルゼン侯爵令嬢との婚約を、この時をもって無効とする」

聖王自らが下した決定は、絶対的なものだ。

たった今、ものの数秒で、七年もの婚約は瞬時に無に帰した。

（そ、そんな……！）

「アレク、これであなたは自由だ」

「ありがたき幸せ。このアレク・スタイン――絶対なる忠誠を改めてここで誓い、一生をかけて聖王にお仕えいたします」

騎士らしい宣誓をしたあと、アレクは聖王の許可を得て、この場から去った。

無愛想な彼らしからぬ……実に晴れ晴れとした顔で、

『お前の家のこと、グローディアのことは、俺が引き受ける。安心して幸せになれ』

すれ違い様にそうセシリアに囁《ささや》き、観衆の波間に溶けるように消えていった。

(幸せにって……どう考えてもおかしいでしょう、この事態は!)

「ここに集う方々、よろしいですね。古き伝承にのっとり、私は聖女セシリアとつがう。セシリアからの光、首の印を見たでしょう。これは女神アルディアの意志。アルディア国に必要な、聖なる婚姻なのです」

ざわめく観衆には、セシリアに味方をする者はいなかった。

聖王の決断に異を唱えるのは、不敬になる。

聖王が静かに片手を上げると、広間にいる宮廷楽師団が円舞曲を奏でた。

聖王はセシリアに手を差し出す。

「一曲踊ってくれませんか。私の妃として」

この手をとってはいけない。

このルートを、正しい形に進ませないといけない。

この予想外の歪《ゆが》みが、グローディアやアンフォルゼン家の未来に、どう降りかかってくるかわからないのだから。

(グローディア、グローディアはどこに……)

野次馬《やじうま》に邪魔され、グローディアを見つけられない。

(ああ、きっとショックを受けて泣いているわ。七年もの間、王妃になるために頑張ってきたんだから。大丈夫よ、お姉様が必ずあなたを幸せに導いてあげるから！)

そんな中、聖王が小さく囁いた。

「ふふ。あなたの元婚約者は、早速……欲しいものを手に入れたようですね」

促された先——目に映った光景に、セシリアの目が驚きに見開く。

人々が背を向けている広間の後方で、アレクがグローディアを抱擁していたのだ。

それは慰めとは違う、もっと情熱的なものを感じる。

そして彼は、グローディアの手を引くと、大広間から出ていこうとした。

一方グローディアは、聖王の相手に選ばれなかったショックに泣くどころか、アレクを突き飛ばすこともせず、頬《ほお》を赤らめて彼に従い、その足取りはやけに軽やかだった。

ふと、グローディアと目が合った。

するとグローディアは深く一礼したあと、口を動かして姉に言葉を伝えた。

『私、アレクと幸せになりますわ。お姉様も幸せになってね。おめでとう』

まるでこういう事態になることを知っていたかのように、妹に動じた様子はなかった。

頭が理解に追いついていかず、思考を拒否してがんがんと痛み出す。

(誰か教えて。グローディアにも、一体なにが起きているの？)

「好き合っていたのでしょうね、あのふたりは。きっと……昔から」

「──っ⁉」

もし聖王の言う通りだとすれば、自分は今までグローディアの幸せのためにと、グローディアの想い人を自分の婚約者にして、別の男との結婚を強制していたことになる。

聖王ではなく、アレクと結ばれることが、グローディアの幸せ──？

──グローディアは、お姉様の自慢の妹になれていますか？

どれだけ、妹に不条理な忍耐を強いていたのだろう。彼女の不幸を回避しようとして、このルートでは自分が、グローディアを追い詰めていたのではないか。

次々と襲いかかる現実に、セシリアの精神力が根こそぎ奪われていく。

(待って。だったら、アンフォルゼン家は……)

その疑問を見抜いたように聖王が言う。

「あのふたりを含め、侯爵家の運命は、あなたの選択で決まる。家族揃って幸せになるか、不幸せになるか。セシリア──あなたが私の手を取るかどうかにかかっている」

脳裏に巡るのは、この先にある想い人との幸せと、家族の幸せ。

ふたつを秤《はかり》にかけたところで、どちらが重いかなど結果は見えている。

七年、奔走してきたのだ。

俯《うつむ》き加減のセシリアが、きゅっとドレスを掴んだ時だ。

聖王が、セシリアの目の前でひざまずき、手を差し伸べたのは。

「セシリア。どうか私の手を取り、妃になってください」

観衆が固唾を呑《の》んで見守る中、麗しい一国の主が、騎士のようにセシリアにかしずき、敬意と屈服の意を表して懇願する姿は、あまりに神々しい一枚の美麗画のようだった。

（ま、まさか聖王陛下が、わたしにここまでするなんて……！）

その真意を確かめるべく、思わず聖王の顔をまじまじと見つめてしまう。不躾《ぶしつけ》にも。

「――っ⁉」

そして気づいたのだ。

美しい顔の作りが、彼女が求める男のものと酷似していることに。

（まさか、ありえない。〝彼〟は……ライは……髪と瞳は闇色で、もっと精悍《せいかん》で野性的で妖艶で……）

聖王を凝視したまま狼狽《ろうばい》するセシリアに、聖王が小さく笑った。

それは、それまでの神々しく慈愛深い微笑みではない。

魔性の如き危険な色香を揺らめかせる――想い人の笑みにそっくりだ。

同時に、琥珀色の瞳が黒く染まり始めた気がして、セシリアは思わずその名をこぼした。

「ライ……？」

「ええ。私の名はライオネル。あなたなら、ライと呼んでくださって構いません」

そう穏やかに答えた聖王の目は琥珀色で、どこにも妖艶な黒色は混ざっていなかった。

（わからない。ライは……陛下なの？　同じ顔をした別人？　似ているように思えるだけ？）

激しく混乱する中、王をこのままの状態にしてはいけないと理性が告げる。

ただちに選択しなければいけない。聖王の手を取るか、否か——。

胸がざわめく。ここにいるのはライだと、なにかが告げている。

それは真実？　それとも願望？

セシリアは、聖王の手を取った。

不確かな直感の真偽がどうであれ、追い詰められたセシリアには、選択する余地などないのだから。

第一章　想い人は、謎めく美貌の恩人

アルディアの民よ、我を賛美せよ　さすれば我、汝《なんじ》らに愛の恵みを与えん
アルディアの民よ、我の祝福を受けし者を称《たた》えよ
さすれば我、汝らを災厄から守護せん
アルディアの民よ、我の鐘を鳴らせよ
さすれば我、汝らのもとへ降臨せん

～女神アルディア賛歌～


トリンシア大陸東部、アルディア王国。

女神の加護を受けたとされる肥沃《ひよく》な大地を巡り、幾度も近隣国から狙われてきたが、切り立った崖に囲まれた地形と、女神の力を代々引き継ぐ王により、国難を逃れてきた。

不可侵な神の要塞と呼ばれたこの国が、門戸を開いて近隣国との友好的な交流を認めたのは、三十年前のこと。

近隣国との休戦協定に調印した、アルディア前々国王の時だった。

交易により、閉鎖的だった民の生活もがらりと変化した。

他国からもたらされた魔石によって、魔力がない民も簡易的な生活魔法が使えるようになり、生活レベルが飛躍的に向上したのだ。

また、元々アルディアの民は手先が器用な職人が多い。

特産品が布や農作物であることから、他国の先進的な技術を取り入れて仕立てた衣服や料理は、素晴らしいと話題となり、街が活気づいた。

それは同時に、領主である貴族の力を強めていく。

セシリアが生まれ育ったアンフォルゼン家は、祖父の代まで、歴代のアルディア王に重用された保守派の側近として、王族である公爵たちに次ぐ高位貴族だった。

父の代になると前王は、外交を重要視する急進派のひとりを宰相公爵に任命し、セシリアの父を遠ざけるようになった。

それでも父は前王に、国内変化を急速に促す魔石と、異教の介入を制限し調整しなければ、女神アルディアの信仰と加護が薄れると進言した。

しかしそれは、女神アルディアの託宣で国事を決定している王と女神への冒瀆《ぼうとく》だと、宰相は糾弾。

それまでの功績による恩情で、アンフォルゼン家の爵位は据え置く代わりに、王宮から馬車で数時間かかる北方への移住を余儀なくされた。

アンフォルゼン家は、王都近郊に住まう中央貴族から田舎貴族へと格下げされた上、交易が乏しい領地だったため、不名誉な貧乏貴族の名もついて回ることになる。

屈辱に震える父を奮い立たせ、最優先して改善に取りかかるべきは交易だと説いたのは、前世の記憶を取り戻した、十四歳のセシリアだった。

幸運にもアンフォルゼン家には、先代からの蓄財がかなりあり、辺境の地に飛ばされても生活に困ることはない。しかし領地の豊かさが貴族のステータスの一部にもなるため、ゲームでは悪役令嬢が玉《たま》の輿《こし》を狙って失敗し、破滅へと突き進む。そうさせないように、領地で交易を推進するのが、隠しルートへ進むために必要なフラグのひとつだ。

しかしそれを訴えても、最初は落馬や熱の後遺症でおかしくなったと思われただけだった。

それでなくとも存在が希薄なモブ娘だ。セシリアは信じてもらうため、共通イベントとして起こる天災や出来事を先に紙に記し、先回りできるところは対処してみせた。

それによりセシリアは、やっと父から、『予言の力に目覚めたらしい娘』として、その存在を認められたのだった。

父を味方にして順調にフラグ処理をしていきながら、やがてセシリアは週に一度、アルディア国の流行の中心である王都の視察をするようになった。

社交界デビューを果たしたグローディアに、最新のファッションを提案するためと、領地を活気づかせる商売のヒントを得るため。そして自分のためでもある。

グローディアによって安泰に導かれる侯爵家は、生まれたばかりの弟がいずれ継ぐ。

その時、自分は厄介者になりたくない。独り身のまま、領地を潤せるような商売を始めるのも悪くないと思っていたのだ。


舞踏会イベントの三ヶ月前――。

セシリアはいつものように王都に出向いて、色々と店を見て回っていた。

王都は昔から治安がいいものの、貴族が金と力を持つようになった昨今、貴族や裕福層を狙った犯罪が急増していると、以前、アレクから聞いたことがあった。

護衛や付き人を伴えば、貴族だと宣伝しているようなものだから、セシリアはあえて質素な身なりをして、ひとりで王都を散策していたのだが、この日はついつい買い物に熱が入りすぎてしまった。

数人のごろつきに後をつけられていたことに気づかず、声をかけられて振り返った直後、誰もいない路地裏に引《ひ》き摺《ず》り込《こ》まれた。

たくさん買い物をしていたから、金を持っていると目を付けられてしまったのだ。

「殺されたくなければ、金をすべて寄越せ。買ったものもすべて置いていけ」

下卑た笑いを浮かべる強面《こわもて》の男が、セシリアの喉元に突きつけたのは、鋭く光るナイフだ。

あまりの恐怖に蒼白《そうはく》になったセシリアが、引《ひ》き攣《つ》った息をした時だ。

「……ここでなにをしている」

男たちの背後から、深みのある低い声がした。

そこにいたのは、黒いフードをかぶったケープ姿の長身の男だった。

ごろつきのひとりが返事の代わりに、男を威嚇して追い払おうとした。

その瞬間、黒いフードをかぶった男が素早く動く。

そしてあっという間に、凶器を持ったごろつきが全員、地面に叩《たた》きのめされていた。

宵闇迫る王都で緩やかな風が吹き、圧倒的な強さを見せた男のフードがはらりと落ちる。

艶やかな漆黒色の髪と、鋭さを秘めた黒曜石《こくようせき》の瞳が露わになった。

どこまでも闇色に包まれた、魔性の如き危険な色香を持つ、美貌の男――。

アレクのおかげで、攻略キャラの顔面偏差値の高さはわかっていたつもりだが、それに引けをとらぬほどの美貌の持ち主なのに、こんな男はゲームにいなかった。

視線が合った瞬間、男の目が見開かれ、漆黒の瞳が激しく揺れた。

そしてセシリアも不可解な衝動に駆られ、男から目を離すことができない。

前世でゲームをやりこんだ彼女にとって、自分が知らない存在は脅威でしかなく、深入りするなと本能が警鐘を鳴らしているのに、心は否応《いやおう》なく惹《ひ》き込まれてしまう。

ふたりはしばし見つめ合っていたが、静寂を破ったのは鳥の羽ばたきの音だ。

びくっとしたセシリアの前に、白く小さな羽根が一枚、風に乗ってふわりと落ちてくる。

セシリアは空を見上げたが、鳥の姿はなかった。

「怪我《けが》はなかったか？」

「え、はい……おかげさまで。あの、助けてくださり、ありがとうござ……きゃっ」

セシリアがずるりと崩れ落ちそうになったのを、男の手が支えた。

触れられた腰に、じんわりと熱が広がる。

「怖かっただろう。少し休んでいくといい。近くに、美味《おい》しいパンを食べられるところがあるから」

「美味しいパンを!?」

パン好きなセシリアが思わず目を輝かせると、男はふっと笑った。

そんな時、別の黒いフードをかぶった、体格のいい男が現れた。

ぜえぜえと荒い息をついているため、思わず警戒するセシリアだったが、男は笑って言う。

「大丈夫。ガイルは俺の護衛だ。露店で好物のあげいもを買っている間に、俺が姿を消してしまったから、慌てて捜しに来たようだ」

「護衛がいるということは、あなたは庶民ではないのね」

「なにを驚くことがある。お前だって庶民のふりをした、貴族の令嬢だろう」

「え……」

セシリアは思わず目を瞠《みは》り、そして感嘆してしまった。

「こんな格好したモブを、貴族の娘だと思ってくれる人がいるなんて」

「……モブ？　それはどこの国の言葉だ？」

「あ、いえ……。これはゲームの……」

「ゲーム？」

「いや……その……前世というか、別世界というか、いやこの世界には間違いないんだけれど、なんと言えばいいのか……」

言い淀むセシリアを見て、男は笑った。

「なんだかお前は面白そうなことを知っているようだな。パンを食べながら、俺に教えてくれ」

「面白いかどうかは……。それに知っても、理解はできないかと……。むしろ、意味不明なことを口走るおかしな女だと、引いてしまう可能性の方が……」

少なくともセシリアの周囲はそうだった。家族ですらも。

「理解できるように話してくれれば、問題ないだろう？」

しかしこの男は、逆に興味を抱き、セシリアを受け入れようとしている。

「それともこう言えばいいか？　助けてやった礼として、お前の話を聞かせてくれ。お前のことをもっと知りたくなった」

セシリアの心が、とくりと跳ねる。

（初めて会ったばかりなのに、わたしの話を……聞きたいと思ってくれるの？　未来に起こることを口にしていないのに、信じようとしてくれるの？）

こんな風に言ってくれる人など、今までいなかった。

心が熱くなりながら、セシリアは頷いた。

「……わかったわ」

嫌がられたら、その時に対応を考えよう。今は自分も彼と話し、彼がどんな男なのか知りたい。

「よし交渉成立だ。俺はライ。お前の名は……？」

「セシリア。セシルと呼んでいいわ」

……これを機に、ライとの交流は始まった。

◇・◇・◇

王都の東にあり、飲食店が多く連なる職人街の一角。

ライと出逢ってから一ヶ月が過ぎ、セシリアは週に一度の視察の際に、売り切れで店じまいした人気のパン屋を借り切って、ライと会っていた。

ライはここ一帯では有名人のようで、誰からも気さくに声をかけられている。

庶民ではないことを隠していないのに、民がライに気軽に接してくるのは、彼が堅苦しさを嫌うからのようだ。前世の記憶を併せ持つセシリアは、階級社会に息苦しさを感じるライの気持ちがわかり、そして民から愛されているライを羨ましく思った。

そんなライが護衛を兼ねて王都散策に付き合ってくれるようになったので、セシリアは質素な身な

りをするのをやめた。セシリア自身、ライの前ではいつもの自分でいたかったのもある。

セシリアも庶民でないことは民たちにばれてしまったが、彼女もまた、ライと同じように民と触れ合うことを望んだため、民とは以前よりも友好的な関係になり、王都訪問も楽しくなった。

ライとセシリアに好意的なこの場所では、若き男女が密会しているといやな噂をたてる者もおらず、また厳密に言えば、ふたりきりではなかった。

隣のかまどがある工房には、パン屋の老主人や弟子がいるし、出入り口の付近にはライの護衛のガイルがいる。

ガイルはいまだフードを被り続けているため、その顔を見たことがない。

その身体は、服越しからでもわかるほど、よく鍛えられているようだが、セシリアがライと話している間中、ずっと腕立てをしたり、剣の素振りをしたりしている。

「ねぇ、ライ。たまにはガイルさんを、席に呼んであげましょうよ。いつもずっと鍛錬しているのよ？　このままだと筋肉の塊になってしまうわ」

するとライは、優雅な手つきでカップに注がれた紅茶を口に含んでから答えた。

「いいんだ。ガイルは、お前がごろつきに絡まれた際、助けに入った俺を守れなかったことを悔い、自己鍛錬に励んでいる。ま、身体を鍛えるのは、あいつの趣味みたいなものだから放っておけ」

「でも……」

ライはかちゃりと音をたててコップを戻し、射るような眼差《まなざ》しをセシリアに向ける。

「それに俺は、お前と過ごす大切な時間を邪魔されたくない」

「……っ」

「これでも譲歩して、ガイルを同じ部屋に入れてやっているんだ。これ以上の距離は、詰めさせない」

（うっ、最近……すごく破壊力ある言葉を、真顔で言うようになったわね……）

ライのストレートな物言いは好きなのだが、誤解を招くような言葉を投げられた時、どう受け流すのが正しいのかわからず、戸惑ってしまう。

少し前までは笑って流せたものが、最近は妙にドキドキする。

ライはよく際どいことを言ってからかってくるから、意味深な言葉も大した意味はないのだろうし、彼が興味あるのはセシリアではなく、話の内容だとわかっている。

それなのに、彼の言動にいちいち過剰反応してしまうのだ。

ライを意識していると思われるのが恥ずかしくて、セシリアは平然を装って笑って言う。

「いやだわ、ゲームの中でも背景の一部となっていたこのモブに、そんなことを言うなんて」

「またモブ自慢が始まったな。俺にとってセシルは……〝その他大勢のどうでもいい女〟ではない」

ライは切れ長の目をゆっくりと細めた。

「モブだろうが、庶民だろうが、侯爵令嬢だろうが、外側なんてどうでもいい。お前がセシルだから興味を持った。その時点で十分、お前は価値がある。だからどこにいても見つけ出すよ。どんなに俺から逃げ出してもな」

漆黒の瞳に、妖艶さを揺らめかせつつも、彼は捕食者のようなぎらつきを隠さない。

そういう目を向けられると、昂《たかぶ》りにも似た戦慄に襲われ、ぶるりと震えてしまうのだ。

話せば気さくで心地よい相手なのに、時折こうしてセシリアを翻弄して息苦しくさせる。

だからといって、ライとの逢瀬《おうせ》をやめたいとは思わないけれど。

ライは、セシリアが前世やゲームのことを語っても、引くことはなかった。

この世界の住人にとって馴染みのない不可解な知識は、ライをわずかに混乱させたようだったが、すぐに順応して真剣に受け止めてくれた。

血が繋がる家族ですら当初は、哀れんだ目を寄越して信じてくれなかったのに、だ。

自分の頭の中にしかない前世の記憶を持つ者にとって、他人が無条件で自分を信じてくれるのは、どれほど嬉《うれ》しいことだろうか。それは自分の存在証明ともなるのだ。

――セシル。お前といると楽しくて仕方がない。また次も話を聞かせてくれ。

次も会いたいと望まれるのは、友達がいないセシリアにとって、とても心躍るものだった。

ライは、特に悪役令嬢育成計画が面白いらしく、週に一度の進捗報告を楽しみにしているらしい。

今ではセシリアを励まし、アドバイスをしてくれる、いい相談役なのだ。

家族より親身になってくれる、ただの友情の枠を超えた特別な存在だ。

彼は貴族のような曖昧で婉曲《えんきょく》な物言いを好まず、合理的で効率的なものの考えをする。

打算的な貴族を相手にしているというより、庶民を相手にしているかのような気安さがあるのだが、

「俺に気に入られたのが運のつき。逃げる方が安全なのか、逃げない方が安全なのか、今後はきちんと状況を見極めろよ、セシリア嬢」

こうして、超然と笑いながら貴族特有の圧をかけ、セシリアを惑わせることがある。

ライはいまだ自分の素性を語らないため、セシリアは今日もまた、ライという人物像をあれこれ考えてしまい、彼に笑われた。

「はは。素直でわかりやすいな、お前は」

ライにとってセシリアは、とてもからかいやすい妹分なのだろう。

「そうやって、いつも俺のことで頭をいっぱいにしていればいい」

意味深な言葉を受けて、セシリアが反応に困っていた時、パン屋の老主人が焼きたてのパンを持ってきた。

「セシリアお嬢様がご提案くださった、ダンドクロワッサンを試しに作ってみたんですが、こんな感じでいかがでしょう?」

セシリアの領地で、〝ダンド〟と呼ばれる実が、固くて食用にならないからと大量に捨てられている。それが前世での〝アーモンド〟に近いものだと知ったセシリアは、流行の発信源となる王都で有効活用ができないかを思案した。

このパン屋の名物はクロワッサンだが、あるとき異国の味覚に合わせて塩っぽくしたそうだ。

すると異国人には好まれて売り切れにはなるものの、薄い味を好むアルディア人の客が減った……

というぼやきを思い出したセシリアは、国内外で味覚の差違が少ない甘いクロワッサンも作ってはどうかと提案してみたのだ。

国を問わず貴族も庶民も好んで食べる甘い焼き菓子の生地に、すり潰したダンドの実を混ぜたものをクロワッサンに練り込ませる。前世の自分が好きだった、アマンドクロワッサンのようなものだ。

焼きたてをひと口食べてみると、甘さとダンドの香ばしさが絶妙で、クロワッサンのさくさくとした食感を一層引き立てていた。これなら子供でも老人でも、いつでも楽しめる。

「美味しいわ。お店の看板メニューのひとつになること間違いなし！」

ダンドの実にも価値が出て、アルディアの特産品になると嬉しい。

試食したライも驚きの声を上げて老主人を褒めた。続けて彼の人脈を使って、このパンのことを広めてやると約束すると、老主人は目を潤ませて何度も頭を下げた。

「開国してからアルディアは変わりました。魔石という、魔力も資源も労力も必要としない便利なものが現れたおかげで生活は向上し、異国の知識や技術が伝えられたおかげで、昔には考えられない商品が店に並んでいる。しかしあまりに異国頼りになると、我々職人が守り続けてきたアルディアのよさが失われていくようで。だからアルディアの民も喜ぶ名産品が生まれたら、本当に嬉しいです」

そう言うと、老主人は持ち帰り分も用意すると言って、退室した。

老主人の気持ちは、セシリアもよくわかる。

父が開国に反対したのは、アルディアの独自性が損なわれることへの危惧だった。

少しくらいならいい。しかし宰相はアルディア信仰が根付いた国を根幹から変えようとしているかのように、アルディアの神官制を廃止し、異教を許容した。

その結果、今や人々の生活を支えるのは女神アルディアではなく、異国文化だ。

聖王が即位してすぐ異教は禁じられたが、女神の祝福と降臨を告げる〝アルディアの鐘〟が、いまだまったく鳴らないことを危惧する民は、今どれくらいいるのか。

異国文化に流されるがままの国の未来は、安泰だと言えるのだろうか。

この部分はゲームでも言及され、選択肢によってはアルディア国の滅亡エンドもあった。

聖王との隠しルートに進む限り、そんな結末にはならないとは思うが、今の王都を見ていると、果たして真にハッピーエンドといえる未来が訪れるのか、考えてしまう。

「ふう。グローディアに、聖王陛下とそこらへんの話ができるか、不安だわ。でもさせないといけないわね。国母となるのだから」

「王都がこうであれば、地方の街や村でも似たようなものだろう。これは、前王の失策だ。前王を唆《そそのか》す宰相を登用したことが、そもそもの間違いか」

ライは眉間に皺《しわ》を寄せて、嫌悪感を露わにした。

「随分と内情に詳しそうだけど、王宮に出入りしているの？」

するとライは皮肉げな笑みを浮かべた。

「いや。その場にいなくても、俺の元には情報が集まるからな。魔石のことみたいに」

王都にも魔石は売られているが、少し前までその価格は上がる一方で、貴族の嗜好品《しこうひん》レベルになっていた。

そこに目をつけた悪徳商人たちが、劣化した魔石をあちこちで安く売り始めたのだが、それを使用すると制御ができずに暴発し、命を失いかねない大事故に繋がる。

火力を取り扱う職人……特にパン屋の老主人のような、新しいものに順応しにくい老齢な民たちは、どの魔石が本物かもわからず困り果てていた。そこにライがふらりとやってきて、石の善《よ》し悪《あ》しの見極め方や、魔石ばかりに頼らない設備を一緒に考えてくれたようだ。

さらにライが、職人たちのまとめ役である商人連合の長にかけあい、アルディア全域で一律な適正価格で、品質が保証された魔石のみが販売されるようになった。

職人たちが得た安心感は、かなりのものだったようだ。

老主人がライに快く店を貸してくれるのは、ライへの感謝の念からだった。

ライが魔石や商売に詳しく、連合にも掛け合えたのは、彼が商人の息子だからではないかと、セシリアは思っている。普通の貴族では、ここまでの知識を持って民間に介入しないはずだからだ。

しかもライから漂う貴族のような上品さや、上質な絹の服を身にまとっていること、護衛をつけてお忍びで歩いていることを思えば、ただの商人ではありえない。

彼は〝商人貴族〟の令息だろうと、セシリアは推定していた。

本来爵位は貴族だけに与えられる特権だが、異国との交易推進の一環として、ある水準を満たした規模の商人は、庶民でも多額の金を積むことで爵位を買える制度ができた。

それゆえ商人貴族は、生粋の貴族からも庶民からもよく思われず、身分を隠したがる者もいると聞く。

——俺はただのライ。それでいいだろう？　本来女神アルディアの前では、同じアルディアの民として平等であるべきなんだ。

セシリアもそれでいいと思っている。

彼とは、腹の底を探り合うような、まどろっこしい貴族の会話はしたくない。

「そういえばライ。前に話した、窃盗団のことを覚えてる？」

「ああ。アトラス地方に出没し、金品だけではなく未成人の少年少女を掠《さら》っている輩《やから》だろう？　舞踏会までに捕らえないと、後に黒幕は悪役令嬢だとされ、グローディアは処刑台行き」

「そう、それ！　わたしがアレクに情報を語る前に、アレクが指揮をとって騎士団でアジトを調べ上げて、窃盗団を一掃したんですって。その功績でアレクは今度、聖王陛下自らお褒めの言葉をいただけるとか。すごく名誉なことよね」

セシリアは興奮しながらライに語るが、ライは冷めた顔つきでパンを口に含んでいる。

「アルディアの爵位は世襲性だから、アレクのような次男は自分でなんとかしないといけない。わたしが情報を流さなくても、アレク……やはり有能な攻略キャラなのね」

セシリアが高揚して言うと、やけに低い声が聞こえてきた。

「俺が長男で無能だから、攻略キャラになれなくて悪かったな」

「そ、そんな意味で言ったんじゃないわ。ライだって有能じゃないの」

「〝ライだって〟……所詮はそいつ程度か。アレクを絶賛しているが、婚約破棄が大前提の形だけの婚約者にしては、連絡を密に取り合って随分と親しげだな」

なぜかライの物言いは、棘《とげ》がある。

「親しげって、幼馴染みでもあるわけだし。これくらいの会話は普通だと思うけど……」

「幼馴染みといっても、昔の話だろう。今、お前は家で妹への教育に夢中。たまに王都に出てきても俺と会っている。そんなお前が、騎士団の寄宿舎にいるアレクと、どこで会って話しているんだ、そんなに頻繁に。示し合わせない限り、偶然では無理だ」

ライはパンを苛立《いらだ》たしげに千切り、彼らしからぬ乱暴な所作で口に放り込んだ。

「普通に……アンフォルゼン家にアレクが来た時に、喋《しゃべ》っているだけだけど」

「なぜ家に⁉」

「アレクのお母様はミンセント侯爵のご長女。爵位的には下のスタイン伯爵に嫁がれたけれど、わたしのお母様とは親友なの。アレクを護衛にして、頻繁に我が家にいらっしゃるのよ。破棄前提の形だけの婚約が可能になったのも、アレクのお母様が面白が……いえ、理解を示してくださったからとも言えるわね」

ライからは返答はなく、納得したかは窺《うかが》い知れない。なにか思うところがあるようだが、セシリアはそれがなにかわからず、単刀直入に問うてみる。

「……ねぇ、ライ。わたし、あなたの気に障ることをなにか言ってしまったのかしら」

「別に。ただ……俺だってお前の前世を知って協力しているのに、攻略キャラではないから、お前の婚約者になれないし。俺ならもっと、婚約者らしく堂々と振る舞ってやれるのに、こうしてパン屋で密会するだけの愛人みたいな立場だし」

「愛人……って。ふふ、面白いことを言うわね、ライ」

笑いながらも、どきっと鼓動が跳ねてしまったことは伏せておく。

「幼馴染みのアレクを婚約者に、ライを愛人にしているなんて、ご大層な身分のモブよね。グローディアも真っ青になるほどの、とんでもない悪役令嬢っぷり」

ライはセシリアの笑いには乗じず、どこか詰《なじ》るような目を彼女に向けて呟《つぶや》いた。

「笑うなよ。頃合いかと思っていたが、そうか……そうだよな。お前は貴族の女としての駆け引きは苦手そうだし、モブと使命感に囚《とら》われすぎて、自分の女の部分を育てていないというか……」

それは……褒められているのではなさそうだ。

セシリアは、〝女の部分〟という語で、最近グローディアに言われたことを思い出す。

――お姉様。先生からは、閨《ねや》では黙って寝台に寝ていれば、殿方が気持ちよくしてくださると聞きましたが、具体的には　どう気持ちよくしてくださるのでしょう。

セシリアはいつも、グローディアがわからないことは、彼女が理解しやすいように具体的に説明して、できる限り体験させるようにしてきた。

たとえば乗馬の知識があるのと、馬に乗った体験があるのとでは、まるで違う。

護衛と一緒にだが、貧民窟にも足を運んだこともある。

それによりグローディアは、わからないことがあると曖昧なままで放置せず、解答を得るまで努力する娘に育った。

そんな妹から聞かれた閨のことは、処女のセシリアには具体的に答えられない。

頭の中に浮かぶのは文字や絵ばかりだから、前世でも枯れ果てていたのだろう。

濡れ場ありのこのゲームの世界は、性に対してそこまで閉鎖的ではないが、前世のように、女性も堂々と性の娯楽を楽しめるような開放的な自由さはない。

貴族令嬢の婚前交渉は嫌われる傾向にあるが、それは令嬢たちを貰《もら》い受ける男性側の願望が強いからだ。男性側が納得すれば、処女でなくとも大丈夫な世界だ。

とはいえ、聖王の妃となれば話は違うだろう。

グローディアが他の男を使って体験学習をすることは阻止しないといけない。

だがゲームの御褒美《ごほうび》シーンのように『身体を触られたり舐《な》められたりしたら、甘ったるい声で適当にあんあん啼《な》いて相手にしがみついていれば、万事ＯＫ』――そんな解答で納得する妹ではない。

――身体を触られたり舐められたりするのですか？　閨でする子作りとは、男性器というものを女性器というものに嵌《は》め込《こ》めば終わりなのでは……？

王妃にとって閨とは、快楽に溺れる愛の場……というよりも、健やかな後継者を産むために必要な場だ。グローディアは儀式のようなものだと捉えているからこそ、気持ちよくさせられる意味がわからないのだ。

「ねぇ、ライ。女性同士で閨のレッスンってできると思う？」

紅茶を口に含んでいたライは、吹き出しかけた。

「突然、なにを……！」

「グローディアが閨のことを聞いてくるんだけれど、わたし……うまく説明できなくて。このままだと〝気持ちいいこと〟とは具体的になにか、周りに聞きそうなのよ。未来の王妃がそんなことをしたら、いい笑い者になる。こうなればてっとり早く、ここをこう触られたらこんな感じと、体で覚えさせた方がいいのかなって……」

「やめろ。お前が娼婦ならまだしも、無謀だ。それにグローディアが、禁忌の性癖に目覚めたらどうする」

怖い声で即答である。

「……そうよね、やっぱり。モラルのない、老若男女入り乱れる乱交エンドに向かってしまいそう。拘束されて殿方の、その……種付け道具とされる苗床エンドよりはいいかもしれないけれど」

「そんなものも用意されているのか、ゲームの結末には」

「ええ。酷《ひど》い扱いなのよ、悪役令嬢は。助けたくなる気持ち、わかるでしょう？」

セシリアが答えると、ライはため息をついた。

「しかしお前は、グローディアに閨のことを教えられるだけの経験があるのか？　たとえばその……アレクと」

ライはなぜか不機嫌そうな顔で問うてくる。

「そんなはずないでしょう⁉　アレクは弟みたいなものなのよ。頰にキスしたことすらないわ」

うっかり口を滑らせると、ライの目が少しだけ穏やかになった。

「未経験でも、前世で読んだ書物やゲームでの知識があれば、グローディアに雰囲気だけでも教えられると思ったんだけど、やはり無理よね……。まさかアレクに協力要請をして、睦《むつ》み合《あ》いの真似《まね》ごとをグローディアに見せるわけにはいかないし」

「当然だろう！　絶対そんなことをするなよ」

「お、怒らないでよ。そうするわけにもいかないという、たとえばの話よ」

「たとえばだろうが、お前がアレクと……と妄想しただけでも苛《いら》つく。だったら俺を相手に妄想された方がよほど……」

言葉を切って、ライはなにかを考えている。

「ライ？」

「……なあ、セシル」

ライはうっすらと笑みを浮かべた顔で、セシリアに向き直る。

「閨での感覚を事前に予習するのもいいが、一番大切なのは、陛下との子作りだよな。どんなに準備を万全にしても、陛下からのお渡りがなければ元も子もない」

「その通りね」

「聖王陛下だって男だ。何度も子を孕《はら》ませたくなるような、女の武器も磨くことが必要だと思わないか？」

「ええ。だからグローディアに教育を……」

「お前に、男が抱きたくなる女とはどういうものか、わかるのか？」

「巨乳、きゅっとした腰。流し目にぽてっとした唇。グローディアを一段と映えさせるお化粧方法も、ちゃんとふたりで研究したわ」

一般の白粉《おしろい》には美白成分として鉛《なまり》が入っているため、肌が弱いグローディアにとっては忌避したいもの。セシリアが王都視察の際に買い求めた異国の品が役立った。それを使いグローディアの白肌を活《い》かした、厚塗りにならないような化粧法と化粧品を、姉妹で研究開発したのだ。

きらきらと光る細やかな金粉や銀粉を混ぜたアイシャドウをつければ、目を細めただけでも色香が出るようになったし、紅もリンサスという花の蜜を混ぜれば艶やかになり、唇の内側と外側に塗る紅の色を変えてぼかせば、立体的に肉厚な唇に見えるようになった。

「それは見てくれのものだろう。たとえグローディアをツンデレというものに仕上げたとしても、表の顔と裏の顔が違うのは、聖王陛下を騙《だま》しているのと同じ。あまりギャップが激しすぎると、萌えるどころか萎えられる可能性もある」

「そ、そういうもの？　でも……グローディアの装いが社交界で話題になり、令嬢たちから憧れの存在になるのが、フラグのひとつなのよ」

「だったら余計、陛下の前での振る舞いが重要になる。どこをどうされて、どう気持ちいいのかを追及するより、女のどんな部分が男をそそり、子を孕ませたくなるのかを考えた方がいいと思わないか。たとえ貧弱な身体であっても、抱きたいと思わせる女はいる」

セシリアは男の気持ちはわからないが、ライがそう言うのなら、その通りなのだろう。

「でもわたしでもわからないそれを、どうやってグローディアに教えたら……」

「教えるのは知識による言葉より、実体験がいいよな？」

「え、ええ……」

「そしてグローディアが予習として、他の男と実体験をしてしまったら、王妃となる身では特に困る」

「ええ！　それだけは阻止しないと」

「だったら、セシル。お前が実体験をしてグローディアに教えてやるしかない」

ライは腕組みをしたまま、にやりと笑う。

「でも……姉妹での実習はやめた方がいいと、ライも……」

「そうではない。お前が俺と実体験をして、後日グローディアに具体的に伝えるんだ。女として目覚めた体感を」

「え、まさかわたしがライと、睦み合いをしろと⁉」

驚きすぎてセシリアの動悸《どうき》が激しくなる。

「そんな顔をされるのは腹立たしいな。これでも言い寄ってくる女には不自由しないくらいだが」

「ごめんなさい。でも問題はそこではなく、わたしがライとだなんて！」

セシリアも一応は恥じらいを美徳とする貴族令嬢だ。いかにこの世界が性に対して寛容であっても、恋人でもない相手とそういうことをするのは抵抗がある。

しかし——相手がライだと思うと、身体が熱くなるのも事実だ。

はしたないと思っても、彼とならいいと思う心があり、それが惑いとなる。

「俺がだめなら誰とならいいわけだ？　アレクか？　形だけでの婚約者でも、アレクに対する裏切りだと思うなら、アレクから女の手ほどきを受けるか？」

「冗談じゃないわ、アレクより……いいえ、どんな男性より、ライがいい！」

きっぱり言い切ったあと、言葉の意味に気づいてセシリアは赤くなる。

「そ、その……アレクとは、家名に傷つかない程度なら、異性との交友関係には互いに口出ししない約束をしているから、裏切りとかにはならないのでお気になさらず……」

「そ、そうか」

ライもつられたように少し耳を赤くさせて、こほんと咳払《せきばら》いをした。

「婚約者がいる立場ということを考慮し、一度きりのレッスンで最後までしない。そこは紳士的に振る舞うことを誓おう。……どうだ？」

（ライと……キスしたり、それ以上をしたりするの？）

心地よい今の関係が、なにかが変わってしまわないだろうか。

一度きりだと、自分が割り切れるものだろうか。

セシリアが答えられずにさらに迷っていると、どこか苛立ったようなライの声が続けられた。

「お前は妹を幸せにしたいのだろう？　そのためのレッスンだ」

「……っ」

「文字だけの知識と、お前が感じ取る知識、より具体性があるのはどちらだ？」

それはまるで、セシリアの弱みを握る悪魔の囁きのようだ。

「このレッスンは……グローディアの幸せのために必要だ」

どこまでも妹の存在を強調させ、ライは微笑んだ。

「お前は我が身可愛さに、お前を頼る可愛い妹を見捨てるのか？」

これ以上もないほど美しく、妖艶に。

彼はセシリアに、拒めない選択を突きつけたのだった。

第二章　淫らなレッスンと約束

閨のレッスンが始まった、ライとの逢瀬の日――。

ライに連れていかれた場所は、王宮にほど近く、王都が誇る大庭園の一角にある温室だった。

セシリアは王都近郊に住んでいた昔から、王都の庭園もよく散策していたが、迷路のように入り組んだバラのアーチを進むと抜け穴があることも、その奥に温室があることも知らなかった。

誰が世話をしているのか、温室のバラは瑞々《みずみず》しく、華麗に咲き誇っている。

中央には、バラを見渡せる大きな長椅子があり、セシリアはライと隣り合って座った。

ライはいつもの黒いフードケープを脱ぎ、上質な絹の白いブラウス姿になった。

ゆったりと広げられた襟元から覗《のぞ》く、男らしい首筋や鎖骨。パン屋で見ていたはずなのに、今日はやけに精悍で色っぽく思えて、鼓動が静まらない。

「ここは王宮の地下に通じていて、歴代の王が逢《あ》い引《び》き用に使用したと言われている。万が一の時のための王族の逃げ道で、それを知り管理している公爵に、許可を取った」

前王のことといい、確かにライには色々な裏情報が入るようだが、公爵にも私的な使用を許されるほど、仲がいいらしい。

ライは過去にも、そうして許可をとったことがあったのだろうか。

セシリアが知らない、美しい令嬢と……。

考えただけで気分が悪くなり、体調不良かと心配したライにそれを素直に打ち明けると、彼は実に嬉しそうな表情で答えた。

「――お前が初めてだ。この場所を使うのも、こうして女を誘うのも。ここを使う相手は、特別な女だと決めていたんだ」

ライは、口数少なくなっているセシリアに甘やかに微笑み、手を伸ばす。

長い指先がセシリアの首筋に触れる。

「珍しいじゃないか、女っぽく髪をまとめあげてくるなど。ローズレッドのドレスとよく似合う。しかも香水も……甘くていい匂いだ」

「……あ、ありがとう」

すぐに変化を見つけ、褒めてくれたのが嬉しく、セシリアは頬が熱くなる。

レッスンは、ドライに進んでいくものだと思っていた。

だからこそ、ライの心に少しでも女の自分を刻みたくて、この一週間、女磨きを頑張ったのだ。

自分に似合う香水を探したり、髪が艶《つや》めくように香油を塗り込んだり、バラのエッセンスを加えた湯に浸《つ》かったりと、美容に気を遣った。

そんな変化をグローディアはすぐに見抜いた。

しかもライと会うようになって、セシリアが嬉しそうに王都へ行くことに気づいていたらしい。

――お義兄様もきっと喜びます。そんなに想われているなんて。ふふ、結婚も間近ですね。

アレクとの婚約が形だけのものだと、グローディアには告げていないため、グローディアは、アレクが相手だと勘違いしていた。

セシリアが驚いたのはそこではなく、〝想われている〟という言葉だった。

――恋をなされているのでしょう？　だから女として意識されたいのだと……。

人から指摘されて、はっきりと自覚する。

自分はライが好きなのだ。

このレッスンを受けたのは、ライに押し切られたからではない。

自分が、ライに女として意識してもらいたかったのだと悟った。

ライは自分にそんな情は持っていないだろう。だからレッスンなんてものを提案したのだ。

だがレッスンを通して彼との関係を変えられたら――。

舞踏会イベントが終わってアレクとの婚約を解消したあと、彼に想いを告げてみたいと思った。

グローディアが聖王をその気にさせるためのレッスンは、セシリアがライをその気にさせるためのレッスンでもあった。セシリアは、ライとの関係に変化を求めたのだ。

「レッスン……嫌がっていたのではなく、そんなにしたかったなんてな」

不意にそんな声が聞こえ、セシリアは下心を見抜かれたのかとぎくりとした。

「ち、違……」

否定してみたものの、それに騙されるライではない。

「ん？　どこが違う？　こんなにお洒落《しゃれ》をして女っぽくして……。俺を誘惑しているみたいだ」

指先が肌を這《は》う感触にぞくぞくする。声が出そうになるのを押さえるのに、必死だ。

そして耳元に熱っぽく囁かれる。

「すごく俺好みだ。この艶やかな髪、このしっとりとした肌に、口づけたくなる」

「……っ」

「たまらない」

セシリアは、ドキドキしすぎて気が遠くなりそうになった。

（まさかライが……恋人みたいにこんなに甘いこと言うなんて。わたし以上に、変化を見せてくるなんて。どうしちゃったの？　これもレッスンの一環？　わたし……耐えられるのかしら）

せっかく意気込んできたのに、ライの破壊力の前に霞《かす》んで消えてしまいそうだ。

「……はは。困った顔のお前も、愛らしい」

ライは甘やかに笑い、美しい顔をゆっくりと傾けると、唇を重ねた。

バラの香りがする中で、しっとりとした唇の感触を堪能する余裕などないまま、唇が離される。

「ふふ、ここにある赤いバラより、真っ赤な顔をしている」

「……っ」

セシリアは恥ずかしくて、俯き加減でふるふると震えた。

するとライはふっと優しい笑みを浮かべると、セシリアの頬に手を添え、再び唇を合わせた。

小鳥が啄《ついば》むように、ちゅっと唇を押しつけてはすぐに離してセシリアの反応を窺《うかが》い、そしてまたちゅっと唇を押しつける。触れる時間は次第に長くなっていき、ゆっくりとセシリアの唇を食《は》むような動作を加えながら、角度を変えてキスは繰り返された。

セシリアから少しずつ緊張が解れていく。やがてライの唇の柔らかさを実感できるようになると、身体の芯が甘く痺《しび》れたような陶然とした心地となり、甘い声を小さく漏らしてしまった。

するとライがやるせないため息をつき、薄く開いたセシリアの唇から、自分の舌を差し込んできた。

熱くねっとりとした舌が、セシリアの口腔《こうこう》内をゆっくりと蹂躙《じゅうりん》し、セシリアの舌を搦《から》めとる。

ふたりの舌は縺《もつ》れるようにして絡み合い、セシリアにぞくぞくとした甘美なものをもたらした。

「ん、ふっ、んん……」

(気持ちいい……。こんなにいやらしいキスをしているのに……)

キスは爽やかなイメージがあったが、とんでもない。

実際は濃厚で、口腔内だけではなく頭の中も掻《か》き乱《みだ》され、蕩《とろ》けてしまうものだった。

噎《む》せ返《かえ》るようなバラの香りが、ライの匂いに混ざって、恍惚とした心地になる。

貴族令嬢としての嗜《たしな》みとはなんだったか、思考が霞んでしまって思い出せない。

ただ無我夢中で、ライからの甘美な感覚を享受しているだけだった。

唇を離したライの顔はわずかに紅潮し、妖艶さを強めていた。

「可愛いな、そんなに……とろりとした顔をして」

ライは片手でセシリアを抱きしめると、彼女の髪や頬に何度も唇を落とした。

ゲームのこと、民や国の未来のこと……色々語り合い、セシリアに助言をもたらし、時にはからかって笑っていた彼が、こんなに甘い男だったとは。

目が合うと、熱を帯びた黒曜石の瞳が細められる。

ライから切なげな吐息をついた次の瞬間、再び唇を奪われた。

「ん……。セシル……舌を絡めて。そう……俺を求めるんだ」

ライに教えられるがまま、セシリアはおずおずと舌を動かした。

熱いライの舌が、ぎこちない自分に応えてくれるのがとても嬉しく、くねらせた舌先同士でしばし戯れる。だがそれだけでは物足りなくなってきて、徐々に舌の根元から濃厚に絡ませていく。

互いの口から歓喜の吐息が漏れ、すぐに甘さを滲《にじ》んだものとなる。

（なんでこんなに気持ちがいいの？　ライが好きだから？　もっと、ライともっと……）

ライに導かれて、セシリアが両手を彼の首に巻きつかせると、ぎゅっと強く抱きしめられた。

荒い呼吸に乗せて、深く浅く舌を吸い合い、淫らに舌を絡ませ合う。

やがて名残惜しげに離された唇には、淫靡《いんび》な銀の糸が煌めいている。

我に返ったセシリアが羞恥に目をそらしてしまうと、ライがふっと笑い、セシリアが目を合わせるまで顔中にキスの雨を注ぐため、仕方なく視線を戻す。

「……まだ慣れないのか。俺のセシルは」

〝俺のセシル〟――彼に独占されたようなその言葉が、とても嬉しくて心が熱くなってくる。

「だったら、とことん付き合おう。お前が慣れるまで」

色気があって美しい男であることは承知していたが、自分を相手に、ここまでの色香を放って男の艶を魅せてくるライが愛おしい。

甘えたい気持ちになってきてライの服を掴むと、ライの手がそれを覆うように握ってくる。

（あぁ、すごく幸せ……）

「……セシル。グローディアに、キスのことをどう教える？」

蠱惑的《こわくてき》な瞳に見つめられると、セシリアの身体が火照り、下腹部の奥がきゅっと疼《うず》いた。

「気持ちよすぎて腰が砕けそうになるから、必ず座って応じてね、って」

その返答に、ライは艶然と笑う。

「お前の腰は、砕けそうになっているのか？」

「ええ。わたしだけなのが……悔しいけど」

するとライはふっと笑うと、セシリアの耳元に囁く。

「俺は……理性が砕けそうだ」

やるせない響きを持つ声が、セシリアの鼓膜を震わせる。

ぞくっとして身を竦《すく》ませると、ライはセシリアを横抱きにして、その首筋に舌を這わせた。

「は、ぁん……っ！」

肌が粟立《あわだ》つような感覚に、セシリアはか細い声を上げて身を捩《ねじ》らせ喉元を晒《さら》した。

するとライの唇が喉に吸いつき、大きくべろりと舐められる。

「しっとりとして甘いな……。お前の肌は。いつまでもこうしていたくなる」

「……っ」

「でもこれはレッスンだ。お前は優秀だから先に進むぞ」

レッスンという現実的な言葉に心を痛めながら、セシリアはこくんと頷いた。

「男に抱きたいと思われるためには、鎧《よろい》で身体を覆うな。苦しくて息を潜めた身体より、楽に呼吸をしているお前の身体が、どう弾むのかを楽しませてくれ」

そう告げつつ、ライは舌を下降させながら、ドレスの両肩を下ろした。

セシリアは硬いコルセットが苦手だったため、柔らかめのコルセットを愛用していた。

中でも、グローディアと開発したレース製のものがお気に入りだった。ライとの閨のレッスンには、レースがふんだんに使用された新しいものを身につけてきたが、いざそれが彼の目に映ると羞恥心が勝る。いろいろ考えている間に、ライはリボンを解いてコルセットを外してしまった。

押さえ込んでいた胸が、弾むようにして露わになった。

それを見つめるライの双眸《そうぼう》に熱が広がる。

思わずライの視界から胸元を隠そうとするが、ライはその手を掴んで制した。

「隠すな。もうわかったから」

妖艶な目を細めて、にやりとライは笑った。

「コルセットで強調しなくてもいいほど、お前の胸が豊かで柔らかなことは」

「ひ、人並みよ……！」

「では確かめよう」

恥じらうセシリアを見つめながら、ライはふたつの膨らみをそれぞれ大きな手のひらで包み込むと、やわやわと揉《も》みしだいた。

「俺の手からこぼれるほど大きい。柔らかくて、俺の手のひらに吸いついてくる。見て見ろ、セシル。俺の手の中で、自分の胸がどうなっているのか」

「……っ」

ライに胸を見つめられ、触れられているだけでも羞恥に気が遠くなりそうなのに、自分の胸が彼の手で卑猥《ひわい》な形に変えられていることにくらくらする。

はしたないと思う以上に身体が昂り、ぞくぞくとした快感を拾ってしまう。

前世で〝見た〟記憶はあっても、体験している感覚は現実で、自分のことなのだ。

ライによって、自分は女であることを改めて感じさせられることに、悦《よろこ》びも芽生えた。

「ふ……ぁんっ」

身体を走る甘い痺れに耐えきれず、とうとう甘ったるい声を漏らしてしまった。

ひとたび口にすると、喘《あえ》ぎ声が止まらなくなってしまう。

「ふふ、感度もいい。……セシル。そんな蕩けた顔で楽しんでいないで、ちゃんとグローディアに伝えろよ。日頃、押し潰されている乳房を解放して、こうやって愛《め》でられると、どんな感覚になるのか」

熱っぽく囁く声にすら、ぞくぞくしてしまう。

思考がまとまらない。

この得も言われぬ感覚を、グローディアにどう伝えていいのかわからない。

以前、家庭教師から胸を大きくするためには、入浴中にマッサージをするといいとアドバイスをもらい、胸を揉んで自ら実践してみたことがあったが、気持ちよさなど皆無だった。

それなのにライに愛撫《あいぶ》されたら、身も心もとろとろに蕩けてしまいそうになる。

彼の手が、その熱が、その力強さが愛おしい。

もっと彼を、肌から感じたくてたまらなくなる。

「あぁ……美味《うま》そうなここを、味わわせてくれ」

セシリアが身体を弾ませたのは、ライが、じんじんとする胸の蕾《つぼみ》を口に含んだからだ。

「あ、ん……――っ」

そしてライは、淫らにくねらせた舌先で蕾を揺らしては、ちゅうちゅうと音をたてて、強く吸い立てた。

最初に感じたちくりとした痛みも、慣れてしまえば快感にしか思えなくなってくる。

ライが赤子のように、自分の胸を吸っている光景は、衝撃的で倒錯的だった。

反発心よりも悦びに身体が震えるのに、口から出るのはなぜか拒絶の言葉だ。

「あぁ、ライ……だめ。そんなところ……あぁ……」

「甘くて美味しい木苺《きいちご》のようだ。一度口に含んだら……病みつきになる」

うっとりとした声で呟くと、ライは舌と唇を使ってさらに丹念に蕾を愛で、反対の胸を手で強く弱く揉みしだきながら、蕾を指の腹でこりこりと捏《こ》ねた。

鋭い輪郭を持った刺激に、セシリアはぶるりと身を震わせ、肌を粟立《あわだ》たせる。

「やっ、ライ、へんに……なっちゃう。だめ……!」

意図せずとも身体が跳ねる。身体を走る快感は、太股《ふともも》の付け根にもどかしい熱としてたまり、甘い疼きが強まってくる。

それが秘めたるいやらしい部分であることは、知識でわかる。

今そこは、蜜を垂らしながらはち切れそうになっている果実のようだろう。

弾けたいのに、弾けたらいけないような気がするのは、セシリアの理性によるものだ。

セシリアは葛藤と快楽の狭間《はざま》で喘ぎつつ、ドレスから伸びる両足をすり合わせて、膨らむ熱を外に逃がそうとした。

するとちゅぽんと音をたてて、胸の頂きから口を離したライが苦笑する。

「もうおねだりをおぼえたのか？　切なそうな女の顔で、そんなにねだって」

「ねだってなんか……」

「……少しずつ時間をかけようと思っていたが、セシルは上達が早いから、予定を繰り上げるか」

ライはセシリアを後ろ向きに抱き直し、自分の膝を跨《また》がらせて座らせた。

背に、逞《たくま》しい胸板を感じて鼓動が跳ねる。

ライの男らしい匂いと熱に包まれ、多幸感に酔いしれていると、ライに顔の向きを変えられ、唇を奪われた。

食むようなキスを繰り返しながら、ライはドレスごとセシリアの両足を折り曲げて立てる。

放尿させられているかのような格好をさせられ、セシリアは羞恥に身を強張《こわば》らせたが、ライの手が胸を包み込んで揉み始めると、抗《あらが》う気持ちも薄れてキスに溺れてしまった。

いつの間にかドレスの中に忍んでいたライの手が、セシリアの太股の裏を撫《な》で上《あ》げてくる。

ぞくりとしてセシリアが身を竦ませた瞬間、唇からぬるりとしたライの舌がねじ込まれ、ねっとりとセシリアのそれと絡みついた。

キスと胸の愛撫で蕩けた身体は、足を撫《な》でるライの手を過剰に意識してしまう。

切なく疼く秘処にライの手が近づくにつれ、セシリアは息を詰めたが、また手は遠ざかる。その度に、喜悦と落胆の表情が浮かぶらしく、ライが唇を話して小さく笑う。

「やっぱりねだっているだろう」

「ねだってない……」

「強情め。男の前では素直になれ」

ライは頬を擦り合わせたあと、唾液の音を響かせてセシリアの耳を舐《ねぶ》る。

「貴族の女であることを忘れろ。ただの女になれ」

「……っ」

「淑女の慎みなんていらない。男が望むのはひとつ」

ライの甘やかな声が響き渡る。

「すべてを捨ててもいいと思えるくらい、男を……俺を好きだという激情だ」

「ライのこと……好き、よ？」

そう好きなのだ。

好きだから、身体を触らせている。

気持ちははっきりしているのに、耳朶《じだ》を甘噛みされたセシリアは、喘ぎ声の合間に弱々しい声を出すことしかできなかった。

「身内や友に抱く情ではない。俺に最後まで抱かれたいと思う、女としての〝好き〟だ」

その気持ちは、セシリアの胸に広がっているものだ。

「抱かれたいと、心底焦がれてくれる女になら、男は子を孕ませたくなる」

ライの手が、今まで遠ざかっていた下着に触れる。

そして下着の上から、秘処をぐっと押した。

「やぁ……っ！」

「この布を取り払い、お前の中に直接……俺の精を注ぎ込みたくなる。何度も何度も」

未体験なのに、その時を想像するだけで秘処が悦びにさざめき、下腹部の奥から熱いものがとろりと溢《あふ》れ出てしまう。

ライによって、淫らな女に作り変えられてしまったかのようだ。

それでも、ライだからそんな姿を見せられる気がする。

「お前の身体は、俺が欲しくないのか？　特に……ここ」

下着の上から、秘処の真ん中をぐりぐりとリズミカルに抉《えぐ》られる。

その度にくちゅくちゅと淫らな音が鳴り響いて、居たたまれなくなるが、もどかしかった部分に刺激が与えられたセシリアは、次第に甘い声を弾ませた。

「ライ……や、だめ……んんっ」

はしたなく乱れる自分に、注がれるライの視線。

漆黒の瞳に炎のようなものが揺らめき、切なげになにかを訴えてくる。

それがなにかを問いたくても言葉にならず、涙の滲む目でライと視線を絡ませることしかできない。

「セシル……」

ライは、セシルの熱い頬を口づけたあとに、掠《かす》れた声で問うた。

「男としての俺は……嫌いか？」

どうしてそんなことを聞いてくるのだろう。

嫌いな男に、こんなことをされて悦ぶ女ではないのに。

「好き……よ」

するとライは焦れたように目を細めさせた。

「ちゃんと答えてくれ。ただの好きか嫌いかではなく、男としての俺は、嫌いか？」

――身内や友に抱く情ではない。俺に抱かれたいと思う、女としての〝好き〟だ。

ああ、彼は言わせたいのだ。

――抱かれたいと、心底焦がれてくれる女になら、男は子を孕ませたくなる。

今、彼は、自分を抱きたいと思ってくれているのだろうか。

ライなら、レッスンを通り越して、最後まで抱かれてもいい。

この快楽の先にあるものを、教えてほしい。

「男としてのあなたが……好き」

「――っ！」

言わせたのはライのくせに、驚きと照れが入り混ざった表情を浮かべた。

「あぁ、想像以上だ。セシルからの〝好き〟の威力は」

眩《まぶ》しそうに目を和らげ、嬉しそうに呟くライの手がゆっくりと動く。

「俺も……女としてのセシルが好きだ」

セシリアと同じ言葉をただ返しただけだろう。

それなのにセシリアの返答を待たずに唇が塞がれたと同時に、ライの手が下着の中に潜り込んだ。

慎ましやかな花弁を割り、長い指が熱い蜜で潤む秘処を直接掻《か》き回《まわ》す。

「――っ、ん、んんっ」

強い快感に身悶《みもだ》えるものの、その瞬間を見計らったかのように、ぬるりとした舌が唇の合間からねじ込まれて暴れ、言葉にならない。

ぐじゅぐじゅと湿った音を響かせる秘処から、否応ない快感の波が押し寄せてくる。

さらに胸も強く揉みしだかれ、赤く勃ち上がっている蕾を捏ねられると、身体が絶えず快感に打ち震えてしまい、もうなにも考えられない。

ライの腕の中で、与えられる享楽に恍惚となりながら、次第になにかが差し迫ってきて、追い詰められた心地になってくる。

引き攣った息を繰り返し、ぎゅっとライの腕を掴むと、ライが耳元で囁いた。

「……セシル。俺にこうされて、どんな気分だ？」

「気持ち、いい……けど、怖い……」

吐息交じりの辿々《たどたど》しい声が漏れる。

「怖い？　こんなに優しく愛でているのに？」

「わたしが……わたしでなくなりそうで……あぁ、なにかが来そう……」

「達しそうなんだな。いいぞ、俺を見ながら……上り詰めろ」

ライが、男の艶に満ちた顔でセシリアを見つめた。

迫り来る感覚に怯《おび》えるセシリアは、あまりに美しすぎるライを見て、卑屈さを制御しきれなくなってしまう。

「いや、だめ……見ちゃ。わたし、変な顔をして……だめっ」

「愛らしい顔だ。セシル……必死に我慢している俺の身になれ」

「愛らしくなんかない。わたしは……顔なしのモ……」

「お前は……綺麗《きれい》だ。たまらなく俺をそそる、とびきり上等な女だ」

……お世辞だろう。しかしお世辞でもいい。

ライの言葉が嬉しかった。

その喜悦は快感の波を急速に強め、奔流となってセシリアを襲ってくる。

この世界から、自分を強制的に消去しようとしているかのように。

自分は、何度もリセットが可能な、ゲームのキャラではない。

この世界に、ちゃんと生きている人間なのだ。

ライがいるこの世界から、消え去りたくない。

もっとライとの思い出を作りたい――。

しかし暴虐なまでに勢いを増した快感は、消えるどころか身体の中で膨れあがる。

セシリアは破裂してしまいそうな危殆《きたい》に戦《おのの》きながら、言葉にならない嬌声《きょうせい》を上げた。

そんなセシリアを抱きしめながら、ライは繰り返し告げる。

「大丈夫だから、流れに身を任せて。……俺がそばにいる。ずっと一緒だ……」

そして唇が重なった刹那、膨張していたものが一気に弾けた。

反り返った身体に、嵐のような快感が突き抜けたあと、セシリアの身体に残ったのは、恍惚とした甘い余韻だった。

「ちゃんとイケたな。可愛かった……」

息を整え、照れたセシリアがライにしがみつくと、ライから何度も唇をせがまれる。

ライの目には、ぎらつきにも似た欲情の光が宿っていた。

セシリアが欲しいと告げている。

それに呼応するように、セシリアの下腹部の奥がきゅっと疼いた。

ライなら、いい。

いつまでも、どこまでも一緒にいたい――。

セシリアが思いを込めた顔を向けた時、バサバサという鳥が羽ばたく音がした。

温室の上方に、白い鳩《はと》が大きく旋回している。

舌打ちしたライが口笛を吹くと、鳩は降下し、慣れたようにライの差し出した指先に留まった。

ライは鳩の足に括《くく》り付《つ》けられていた小さな手紙を読むと、手を振り鳩を飛ばした。

鳩が温室から出て行くと、ライはため息交じりに言う。

「すまない。帰らないといけなくなった」

（帰る……？）

身も心も昂っていた分、突然の強制終了はかなりショックだ。

「も、もう少しだけ、一緒にいない？」

女が誘うのも抵抗があるが、ライの前では素直でいたい。

そうであれと言ったのはライだからと、自分に言い訳をする。

「それとも……わたしが相手では、いや？」

一緒にいたいのだ。もっとライを感じたい。

ライの服を掴み、勇気を出して引き留めるセシリアの手が震えた。

涙で潤む目をライに向けると、ライは切なげに瞳を揺らしながら、大きなため息をついた。

呆《あき》れ返《かえ》られたのだと思ったセシリアが、目頭を熱くさせていると、ライはセシルの手を掴んで、彼のある部分へと導いた。

それはライの下腹部付近にある、硬いもので――。

服越しからでもわかるそれに手が触れると、ライが悩ましい吐息を漏らす。同時に、触れた部分がびくんと息づいた気がして、セシルは驚きのあまり手を離した。

「いやなら、こうなっていない。……痛いくらいだ」

「……っ」

「この国における貴族令嬢の閨教育がどの程度かはわからないが、お前に前世の記憶があり、濡れ場のスチルとやらを見ているのなら。これがなにでどういう意味なのか、わかるだろう?」

セシリアは恥ずかしそうに目を伏せて、頷いた。

「注ぎたいよ、俺の子種をお前の中に」

「……っ」

「しかしお前と約束した。一度きりのレッスンで最後までしないと。だから我慢してる」

彼は約束を違えず、紳士的に振る舞うことで、自らの誠実さを証明したのだ。

だが――。

「我慢しなくていいと言ったら? これはレッスンではない、今ここで抱いてほしいと言ったら……?」

ライの瞳が大きく揺れた。そして苦笑する。

「初めての経験で、お前は昂っているんだ。ひとときの衝動に流されるな」

好きだと口走ったこともなかったことにされているのだろうか。

愛する者だと疑似錯覚させることで、快楽を貪るスパイスにしたのだろうか。

「……舞踏会が終わるまで待つから、その時はセシル、俺を受け入れろ」

舞踏会が終わるまで――つまりこうした触れ合いは今ここで終わるわけではなく、舞踏会が開催される一ヶ月後にまた、再開されるということだろうか。

その時ライは、本当に今のように求めてくれるのだろうか。

セシリアの胸の中に、様々な感情がぐるぐると回っている。

「セシル……。舞踏会は来週、開催される」

「え？　招待状には一ヶ月後だと……」

「数日のうちに、変更の連絡がくるはずだ」

ライはその根拠を語らず、不可解にも断言した。

「舞踏会が終われば、レッスンは必要ない。するのは、俺とお前の……愛の営みだ」

「……っ」

「お前がそれを望んでくれるのなら、ここは聞き分けてくれ」

ライは、どこか苦しげな表情で言った。それを見てセシリアは、はたと我に返る。

(わたし……。なんという我儘《わがまま》なことを言ってライを困らせていたの……？)

セシリアは素直に詫び、帰り支度を始めた。

愛の営み――レッスンではないそれが実現するなら、拒むはずがない。

居住まいを正したセシリアにライが言った。

「セシル。次に会うのは、舞踏会のあとだ。次は宣言通り、お前を最後まで抱く」

そしてライはセシリアの首元に唇を寄せ、強く吸いついた。

まるでなにか熱いものを注がれているかのように、肌がちりちりとして熱く痛む。

「これは……俺のものという印だ。それが消えぬうちに、必ず会うと誓う」

「……っ」

「だから、舞踏会など面倒臭いものはさっさと終わらせて、俺のところへ来い。俺もその時まではすべてを終わらせ、お前を迎え入れる準備をしておく」

それは、求婚のような言葉だった。

(どういうこと？　ライもわたしを……って思っていいの？)

「今はこれしか言えないが、次こそは……俺のすべてを包み隠さずお前に見せるから」

真意を問い質《ただ》《と》せず、こくりと頷くことで精一杯だった。

ただ、希望は胸に抱ける。明るい気持ちで次を待ち、告白してみよう。

「セシル……」

名残惜しそうに名を呼ぶライから唇に、触れるだけの軽い口づけを受けた。

「舞踏会、頑張れよ」

ライはそう励ましたあと、セシリアに一から二十まで、声に出して数えてほしいと頼んだ。

「今日はお前を見送る余裕がない。お前に見送られたら、お前を離したくなくなってしまうから、セシルが目を閉じている間に帰らせてくれ」

頷いたセシリアは目を瞑り、声を出して数を数えた。

そして二十を数え終わって目を開くと、温室にはセシリア以外、誰もいなかった。

足音がしたため、慌ててそちらを見ると、現れたのはガイルだった。

ライに、彼の代わりに見送るようにと言われたらしい。

馬車までの帰路、どんなに探してもライの姿はなかった。二十くらいのわずかな間なら、後ろ姿くらい見られると思ったのに、彼は一切の姿を見せず、幻のように消えてしまった。

まるで温室で過ごしたすべてのことが、夢であったと告げるかのように。


そしてこの出来事から数日後、ライの言葉通りに、舞踏会の開催日変更の通知が届いたのだ。

ライと始まる新たな関係を夢見て、セシリアはより一層女磨きに力を入れた。

……グローディアが幸せになったのを見届けたそのあとで、ライと会うために。

まさか七年間待ち続けた舞踏会で、聖王に選ばれるのが自分だとは思いもせず。

第三章　本当のあなたを教えて

波乱の舞踏会が終わり、セシリアがそのまま強制的に聖堂に隔離されて三日目になる。

聖堂は、王宮でもっとも女神アルディアの神気に満ちた場所とされ、ここでアルディアの聖女として三日三晩女神に祈りを捧げて身を清めてから、民の前で婚姻の儀が行われるのだ。

聖堂から出ることと、身の回りの世話人以外との接触は禁じられ、敬虔《けいけん》な生活を強いられているものの、窮屈さは感じない。ゆったりとくつろげるのは、世話人の配慮のおかげでもあった。

「セシリア様、とうとう今夜でこの聖堂ともおさらばですね」

セシリアにそう語りかけたのは、世話人である侍女のマリサだ。

小間使いから護衛までひとりでこなす、スーパーメイドでもある。

化粧で隠しきれないそばかすだらけの顔。まとめても膨らむ赤いくせ毛。

宮廷侍女は上品な美女が多いが、マリサは美しいというより愛敬《あいきょう》あるという表現が正しく、喜怒哀楽がはっきりしていて野生児のような女性だ。

彼女は、野獣軍師と異名をとるカルダール辺境伯の末娘で、騎士団長を兄に持つ、れっきとした貴族令嬢である。ドレスを着て愛想よくすることが性に合わないらしく、貴族の裏情報が耳に入りやすい宮廷侍女をする傍ら、兄のために諜報《ちょうほう》活動をしてきたという。

聖王からの信頼も厚く、今回、聖王直々の命令により、セシリアの専属侍女になったらしい。

グローディアと同い年の彼女に恭しくかしずかれるのも心地悪くて、せめてふたりだけの時は、堅苦しさを抜きにしてほしいと頼みこみ、友のような気楽な関係になった。

王宮のこと、貴族のこと――シビアなものの見方をする彼女が持つ情報量は半端なく、話も面白かった。彼女と話しているだけで、あっという間に聖堂で過ごす時間が過ぎた気がする。

「明日は一日がかりで婚姻の儀式が執り行われますから、今夜は早めにお休みくださいませ」

「そうね。しかし……ふう。このわたしが明日から王妃……。正規ルートを外させた、忌まわしいモブが王妃だなんて、天罰が下されそうで怖いわ……」

セシリアはハーブティーが入ったカップを皿に戻し、ため息をついた。

当初、どうしてこうなったと、頭を抱えてうんうん唸《うな》っていたが、ずっとそうしてもいられない。

女神の間違いであれ、聖王の正体がなんであれ、舞踏会イベントが起きて隠しルートに入ったはずなのに、そのルートの正規ヒロインではないセシリアが聖王に選ばれたことで、ハッピーエンドが約束されていたはずのこの世界が、どうなるのかわからなくなってしまったからだ。

セシリアが知る展開を迎えていない以上、これが本当に隠しルートなのか確証も持てなくなった。

聖王に愛されてグローディアとアンフォルゼン家の不幸を回避したところで、未来に起こるすべてのバッドエンド要素が、なくなったことにはならない。

考えるべきことはたくさんある。だからいつまでも舞踏会のことを引き摺《ひず》り、嘆いている暇はない
――とは思うのだが、やはりどうしても、モブが王妃になるなど納得がいかないのだ。

もし本当にライが聖王だったら、自分に王妃の器がないことくらいわかるはずなのに。

聖王とは、舞踏会でダンスを踊ったきり会っていない。

正直、聖堂に放り込まれる前に、確認させてもらいたかった。

聖王はライなのか、別人なのか――。

聖王と会わない限り、真実がわからないから、いまだもやもやしていた。

（ライではないのかしら。でも陛下だったら、わたしに力がないことくらい見抜かれるでしょうし）

考え込んでいると、マリサが言った。

「……誰ですかね、一般には馴染みのないその忌み語をセシリア様にお教えしたのは。この先、忌まわしい〝モブ〟が出てきたら、女神アルディア様に代わり私が成敗しましょう」

「え……？　成敗？」

「はい。私はセシリア様の心身の健康をお守りするよう、女神代行聖王陛下より厳重に仰せつかりました。セシリア様を苛《さいな》むモブは我が敵！　モブ、退散！」

メイド服の裾がふわりと揺れた次の瞬間、マリサの右手には、太股に携帯していた仕込みナイフが握られている。しゃきんという音が聞こえてきそうだ。

マリサは父と兄の影響で武術に秀でているらしい。

この俊敏な反応、かなり腕が立つのかもしれない。

「わ、わかったわ。モブという言葉は使わないようにする」

するとマリサは凄《すご》んだ眼差しをふっと緩め、満面の笑みでナイフを太股に戻した。

（お、怒らせないようにしなきゃ……）

「セシリア様。アルディアの聖女……もとい聖王の妃に選ばれたことは、アルディア国の女性にとって最高の名誉。自信をお持ちください」

「え、ええ……。頑張ってみる……」

（そういえばライも、わたしがモブと言うと、「モブ自慢だ」と皮肉を言っていたわね）

聖堂に連れてこられた日にすぐ、聖王に黒髪の双子がいるか、マリサに聞いてみた。

――黒髪の双子？　いいえ、同じ顔の者がいるという、噂すら聞いたことはありませんね。

しかもお忍びで、頻繁に王都に抜け出ているという噂も聞いたことがないと言う。

――そんなことが噂になっていたら、警備に穴ありと大騒ぎになっているでしょうね。しかしご安心を。仮に陛下が王都に行かれても、女遊びはなさいませんよ。

マリサに誤解されてしまったが。

「陛下は、王太子殿下の頃から、降るように縁談を持ち込まれても、見向きもしませんでした。そのため、お子様が誕生したばかりのエウバ秘書官以外に、いつもそばに置く……騎士団長の兄と、特別な関係ではないかと噂されたほど」

そしてマリサは、そんな事実はまったくないと、心底嫌悪した顔をした。

「陛下は昔、武術を習いに我がカルダール家にいらしてまして。私たちの家族も同然なんです。陛下にとって兄は、安心できる存在なんでしょう。そうでなければ、好意を持つ相手に、すぐに脱いで筋肉自慢をしたがる、面倒臭くてむさ苦しい変態を、いまだそばにおきません」

騎士団長は、野獣と言われた辺境伯の血を色濃く引き継ぎ、獣系の強面《こわもて》をしているのだとか。

セシリアは、ムキムキとした身体を持った獣顔の団長を想像してしまい、つい笑ってしまった。

「毎年、騎士団に入団希望者が殺到しているのは、兄の腹心である副団長の美貌で、演習場に女性たちが集まるから。下心ある男たちは、兄が命じる猛特訓に早々に音を上げて、すぐに逃げてしまうようですが。セシリア様は、確か……副団長のアレク様と婚約されていたんですよね」

「え、まあ……形だけだったけれど」

後腐れない関係だったのに、舞踏会で彼が妹を抱擁していた場面を思い出すと胸が痛む。

嫉妬ではない。アレクにもまた、色々と我慢させてきたことがわかったからだ。

七年という歳月は決して短くはない。

いつからふたりが互いを想い始めたのかは定かではないが、グローディアと侯爵家の幸福を願うあまりに、アレクにも酷なことを強いてきたことが悔やまれて仕方がない。

（だけど舞踏会でふたりが、聖王に選ばれたのがわたしであることに驚いていなかったのはなぜかしら。グローディアも、驚いていたのはわたしから光が出たことくらい。今までわたしの言葉を信じてくれていたのに。ふたりとも結末をわかっていたの？　前世の記憶もないのに、いつから？）

いまだ謎は残るものの、彼らの恋路を阻んでいた事実は変わらない。

真っ先にふたりに謝りたいし、祝福したいのに、それができずにもどかしい。

「少し話がそれてしまいましたが、陛下が今まで妃を娶《めと》らなかったのは、結婚によって、一部の臣下の力を強めることを警戒されたからです。特に、グビデ宰相閣下を」

宰相は前王の縁戚で、王族ではないがその功績により、前王から公爵の地位を叙爵した。

前王は宰相を重用したため、彼は王代理と称して、王同等の力をふるうようになったらしい。

セシリアも宰相のことは少し知っている。宰相は、セシリアの父……アンフォルゼン侯の政敵で、開国を推進した。それに異議を唱えたことで、アンフォルゼン家は辺境の地へ追いやられたのだ。

「宰相閣下は、自分の娘を王妃にして、外戚としての力を欲しがりましたが、陛下が婚姻自体を時期尚早だと拒絶。それでもめげずに娘がだめなら親戚……と縁談を持ち込んでも、聖王は見向きもしない。そこで美しい娘を養女にして王妃教育を施し、献上しようとしていたのだとか」

聖王の力で宰相を退けられないということは、前王時代に蓄えた宰相の力は予想以上に大きいものだったからなのだろう。

「先日の舞踏会で、宰相殿や、そのご養女はどこにいらしたのかしら。そこまで王妃の座に固執しているなら、あの場で猛烈な反対を受けてもいいと思うけれど、記憶にないわ」

するとマリサは朗らかに笑った。

「それが傑作なんですが、宰相閣下が養女と他国へ外遊している間に、舞踏会は開かれたんです」

「え……。そういえば舞踏会の開催日は、急に変更になったわね」

「ええ。宰相閣下は、そのことを異国で聞き、急遽《きゅうきょ》予定を繰り上げて帰国しましたが間に合わず。そして今、自分の不在中に偽の聖女が陛下を誑《たぶら》かしたのだと激怒されてますが、舞踏会での〝奇跡〟を目撃した貴族は多数いるから、強気に出られないようで」

舞踏会での奇跡というのは、きっと聖王とセシリアが光ったことだろう。

「しかも聖堂での清めの期間は、たとえ聖王であろうとセシリア様にはお会いできないのが決まりごと。ここは聖域。ここにいる限り、誰も手出しはできませんが、清めの儀が終わり外に出たら……」

「なるほど。だから護衛もできるマリサが、わたしの侍女に任命されたのね。わたしの命が危険にさらされるかもしれないから」

「その通りです。明日の婚姻の儀、騎士団による警備は厳重ですが、マリサもセシリア様のおそばについております。王妃として王宮内に生活の拠点を移されても、引き続き私がおそばでお仕えしますので、ご安心なさってくださいね」

「ありがとう。とても心強いわ」

するとマリサは照れたように笑った。

「セシリア様が、ただの侯爵令嬢であれば、宰相閣下は寵妃《ちょうき》止まりにさせ、派閥勢力を駆使してでも自分の娘を正妃にするでしょう。ですが、セシリア様は、伝承に記されていたというアルディアの聖女。聖王との〝つがいの印〟は、きっちりとそのお首に残ったまま」

ライがつけた不埒な痣は、不思議にも時間が経《た》っても消えず、鬱血とも違う痕になっていた。

まるで聖痕であるかのように。

「聖王に相応《ふさわ》しい妃は、女神に認められたセシリア様だけです。いかに権勢を誇る宰相閣下でも、聖女様を廃して妃選びを白紙に戻すことは不可能でしょう」

それはつまり、セシリアにも逃げ道がないということだ。

(明日、民と女神に宣誓するわたしの夫は誰なのだろう)

聖王なのか、ライなのか。

――舞踏会が終わるまで待つから、その時はセシル、俺を受け入れろ。

ライであってほしい。

それに望みをかけているからこそ、自分は前向きになっているのだから。

◇・◇・◇

「――民と女神アルディアに誓う。我は女神が我に遣わせしアルディア聖女を妃にし、この国を平和に導くことを」

晴天に恵まれた翌日、王城のバルコニーで、聖王が凛《りん》とした声で宣誓する。

その声が響くや否や、どこからともなく現れた白い小鳥の群れが、蒼穹《そうきゅう》に天高く舞った。

聖王がまとう儀礼用の王衣は、アルディア織と呼ばれる、幾何学模様のようなものが金糸で刺繍された豪華なもので、神聖さとともに王の威厳を強めるものだ。

その横に立つセシリアの白いドレスは、夜会に着るような派手なものではなく、宗教色を強く感じられる敬虔なデザインだったが、ベールやドレスに縫われた銀糸の刺繍やレースは華美だ。

（色々と儀式の支度が忙しく、覚えることがたくさんで、陛下と話をしないまま、婚姻の儀が始まってしまった……）

バルコニーから見下ろす民たちは、豆粒ほどの大きさだ。

その中に家族やライが混ざっているかわからない。

三日三晩の清めの儀で外界から隔離されていたせいなのか、彼らがすごく遠くに感じ、数日前まで馴染んでいた世界が、虚構《ゲーム》だったかのように現実感が希薄に思えてくる。

顔なしの民《モブ》が大勢描かれた、背景スチルのように思えてしまうのだ。

今まで生きてきた世界が変わったのか、それとも今立つ王城が特殊なのか。

かつて自分がいた世界を、これからは聖王とともに愛し、守らないといけない。

大勢の民の想いを、自分は受け止められるだろうか。

民に慕われるだけの器量があるのだろうか。

あまりの重圧に、セシリアの手がかたかたと震えた。

その手をそっと握ったのは、聖王だった。

笑みを民に向けたまま、聖王はセシリアに小さく告げた。

「どんな時も笑顔で。不安を顔に出さずに。それが……王妃の務め」

「……はい」

「環境が変わり大変でしょうが、あなたひとりに、重荷を背負わせる気はありません」

握られた手が温かい。

優しい眼差しを向けるその顔は想い人と同じで、胸いっぱいになる。

（ライ、よね……？）

隣に立つ、生涯をともにする夫は、ライなのだと希望を抱いて。

「ともに、歩いていきましょう」

「はい、陛下」

聖王が宣誓したことで、セシリアは正式に王妃となった。

もう後戻りはできないのだ。

王妃として民に手を振るセシリアは、微笑み続けた。

『悪役令嬢たる者、みだりに私情を露わにせず、泰然自若として構えるべし』――不意に、グローディアに復唱させていた言葉を思い出した。

グローディアが素顔を隠して悪役令嬢の仮面をかぶり続けていたのと同じく、自分もかぶらなければ

ばいけない仮面がある。

モブの素顔を隠す、清らかな聖女の……王妃の仮面を。

どんな時も堂々として、民に慕われる良き存在でいなさいと、グローディアにそう教えたことを思い出しながら、セシリアは微笑み続けた。


すべての婚姻の儀が終わると、もう夜になっていた。

マリサから一日がかりになるとは聞いていたが、軽視しすぎていたようだ。

セシリアの身体はくたくたで、笑みを作っていた頬の筋肉が軽く痙攣《けいれん》を起こしそうだ。

そんなセシリアの心身を癒やしたのは、大理石でできた広く豪華な風呂だ。

手足を思いきり伸ばして、今日のあれこれを思い返すが、このハードなスケジュールを乗り切れたのは、マリサと聖王のフォローがあったからだ。

ひとりですべてこなさないといけなかったら、パニックになっていたことだろう。

人前に出ることは苦手だったが、これからはそんなことを言ってもいられない。

私情など押さえ込んで、この非日常な生活に慣れていくしかないのだ。

聖王がセシリアのために用意した私室は、セシリア好みの可愛らしい調度に溢れていた。

居心地よさそうな空間だ。

てきぱきとしたマリサによって、初夜の支度が調えられていく。

「セシリア様。この夜着、虹色に光るレースが素敵ですね！　陛下が人気職人に作らせたそうです」

マリサが語った人気職人の名は、王都で一流ブランド店を開いている人物だった。

一度店内に入ったことがあったが、あまりの高価さに手出しができなかった。見ていてうっとりするデザインのものばかりが陳列し、自分もなにかレースものを身につけたいと興奮のまま屋敷に戻り、発案したのがレースのコルセットだ。

「お美しいです、セシリア様。入浴と香油でお肌も髪も、一段としっとりとしていますし、きっと陛下もお喜びになられることでしょう」

初夜の支度を終えて、マリサが退室する。

静まり返った寝室の中にいると、緊張に鼓動が早くなった。

「ライよ……。ここに来るのはきっとライ」

そう信じたいが、三日ぶりで顔を合わせた聖王に、一切、ライの片鱗《へんりん》がなかったことが気にかかる。

婚儀の合間に、ライだとわかる言葉を囁くくらいの時間はあったはずなのに。

……覚悟しなければならない。

聖王が、ライでない可能性がある場合も。

今日、ライが王城を見上げている前で、聖王との結婚を宣言した可能性があることも。

（アルディア様、どうか……）

セシリアが両手を合わせて女神アルディアに祈りを捧げていた時、物音がした。

「セシリア、待たせた」

プラチナブロンドの髪。穏やかな琥珀色の瞳。

聖王がやってきたのだ。

光沢あるシルクの夜着《ローブ》をまとう姿は、神々しくもあり妖しくもあった。

そこにライのような妖艶さも漂っているのに、セシリアを見る表情はライではなかった。

舞踏会とは違い、ここにはいるのはセシリアだけなのに――。

セシリアは彼に尋ねた。

「不躾な質問をお許しください。あの……ライ、ですよね。ライは……聖王陛下だったのですよね？」

（お願い、そうだと言って！）

「ええ、私です。舞踏会の時のように、そうやって呼んでくれると……嬉しいものですね」

それはセシリアが期待した返答ではなかった。

「ライ！　あなたは……王都でよく会っていた、黒髪に黒い瞳の……ライよね!?」

セシリアは悲痛な声で単刀直入に切り出した。

すると聖王は、その目を和らげて笑った。

「あなたは……どなたかと勘違いしているようですね。ふふ、私と同じ顔をした者が、王都にいるとは、私も会ってみたいもの。そんなに似ているのか、あなたの前で髪を黒く染めてみたい気がしますが、瞳の色は……どう変えればいいのやら」

（ライじゃ……なかったの……？）

希望を繋いでいただけに、失望とショックに、セシリアは思わず立《た》ち竦《すく》んでしまった。

「セシリア。舞踏会では、聖女を逃がさないようにと必死になるあまり、脅迫めいたことをしてあなたを連れ去り、聖堂に放り込んで不安にさせてしまったことを、まずは謝りたい」

聖王は琥珀色の瞳に切なげな光を揺らして、冷たくなったセシリアの手を両手で包む。

「それなのに、王妃として笑顔で振る舞ってくれたこと、こうして私との初夜を受け入れてくれたことに、感謝します。ありがとう、セシリア」

（ライじゃない人と……初夜を……）

「……セシリア？」

我慢しなければいけない。貴族の世界では、望まない政略結婚をする娘も多くいる。

その中で、国王という最高の相手に恵まれたのは幸せなことなのだ。

――環境が変わり大変でしょうが、あなたひとりに、重荷を背負わせる気はありません。

握ってくれた手は温かかった。向けられた顔は優しかった。

舞踏会でセシリアに選択を迫った分、セシリアに寄り添い守ろうとしてくれている。

強引な面はあるが、声を荒らげたり暴虐な振る舞いをしたりしない。温厚な気質なのだとわかる。

とても素敵で申し分のない王だ。しかもライと同じ顔である。

違うのは、色と性格、そして身分だけだ。

割り切ろう。グローディアとアンフォルゼン家の幸せに必要なのだと、いつも通り。

そうやってこの七年、我が身を捧げて奔走してきたではないか。

ライによって恋を知ってよかったと、前を向こう。聖王と光の中に飛び込もう。

けれど――。

――セシル。次に会うのは、舞踏会のあとだ。次は宣言通り、お前を最後まで抱く。

聖王があまりにも光り輝き眩しすぎて、ライの闇色が恋しくてたまらない。

「――セシリア。今、あなたの頭の中に占めるのは……黒髪、黒い瞳の、私と同じ顔をした男？」

聖王に顔を覗《のぞ》き込《こ》まれて図星を指され、セシリアは退こうとしたが、抱きしめられて身動きがとれなくなった。

「それとも、元婚約者のアレク？」

なぜそこにアレクの名前が出てくるのだろう。

「答えてください」

「ア、アレクではありません……」

言った直後、失言に気づく。

アレクを否定しようとして、別の男のことを考えていたと認めてしまったのだ。

「……セシリア。私は……他の男の存在は認めない。あなたを逃がしません」

聖王は強い語気で断言したあと、反応を寄越さないセシリアに囁いた。

「あなたに想われるその男は、幸せだ」

熱っぽくて少し上擦った声だった。

「その男は……きっと、こう思っていることでしょう。『今まで家族のためにと生きてきて、自分の幸せを顧みなかった彼女が、やっとひとりの女として目覚め、愛してくれた。もう離すものか』と」

「……っ」

「そしてこうも思っているはずだ。『ようやく公然と王妃にして手に入れたが、俺ではない男に目が眩んで、身も心も簡単にくれてやろうとしていたら、怒り狂っていたところだ。内心ドキドキして試していたが、安心した反面……なんで、ちょっと他人のふりをしたら信じてしまうのかな』」

思わずセシリアは、聖王の顔を見上げた。

しかしそこにいたのは、まぎれもない聖王である。

プラチナブロンドの髪と、琥珀色の瞳――どこをどう見ても、神々しく目映い聖王だ。

(わたし、ライ恋しさに、とうとう幻聴が聞こえるようになってしまったの？　あるいは陛下が女神の力で、わたしの記憶を覗いて真似をしたとか……)

「俺が約束を違える男ではないことは、温室で身をもって証明しただろう？」

再びセシリアは顔を上げて聖王を見た。

その顔はにやりと超然とした笑みが浮かんでいた。

それは聖王が見せる表情ではなく、むしろ――。

（ああ、どうしよう。陛下がライに見えてきた。今度は幻覚まで……）

頭を抱えたセシリアに、聖王が言った。

「もっと自分の感覚に自信をもて。お前は、なにかに惑わされるような女じゃないだろう？」

「え？」

変わっていく。

光り輝くプラチナブロンドの髪が、闇を溶かしたような漆黒色に。

甘さが蕩けたような琥珀色の瞳もまた、その髪と同じ色へと。

「えええええ⁉」

セシリアが驚きのあまりよろけると、彼は彼女が倒れぬように腰を支えてくれた。

そこにいるのは──セシリアが渇望していた男だった。

（これは現実の話なの？　だってライではないって……。ただ黒髪と黒い瞳になれるだけとか）

失った希望だっただけに、セシリアは疑心暗鬼だった。

だが──。

「……昔、たくさん飲んだ魔法薬の副作用で、髪や瞳の色が黒く変わったことがあってな。女神の力でなんとかしているうちに、自分の意思で黒くしたり戻したりできるようになった。それを利用し、自分の目で民の生活を確かめるため、王都を視察していた。そんな時、お前に会ったんだ」

「……っ」

「お前にライと名乗っていた俺の正体は、ライオネル・アルディア――アルディア国の現国王。そして……今日、お前の夫になった男だ」

艶めいた顔で、彼――ライオネルは告げる。

「本当に……ライなの？　さっき、わたしが聞いたら……」

セシリアの声が震えてしまう。

「あれは……セシルの反応を見たかったんだ。違うと言ったら、お前は俺を忘れて王と添い遂げようとするのか。舞踏会でお前を強引に王妃にした王に、俺とのレッスン効果を見せようとするのか。まさか、そんなにつらそうに、そして恋しそうに……俺のことを考えてくれるとは」

ライオネルの手がセシリアの顎を摘まみ、くいと持ち上げる。

「お前の心を占める俺に、嫉妬したくらいだ。本当の俺はここにいるのに、と」

ライではないと否定したのは彼だ。理不尽なことを言われているが、それでも嬉しい。

「ああ、ライで……ライでよかった！」

思わずセシリアは抱きついたが、彼は聖王でもある。

これは……不敬ではないだろうか。

しかも知らなかったとはいえ、今までも王都でかなり失礼な態度をとっていた気がする。

彼は――国王なのだ。

血の気を引かせたセシリアの顔から、彼女がなにを考えているのか悟ったらしい。

ライオネルは笑って言った。

「いい。いつも通りのセシルでいてくれ。俺もお前にはいつも通り、素のライとして接し、〝猫かぶり〟にはならないから」

「猫かぶり？」

「表向きの聖王の姿だ。命名したのは、ガイルとマリサだがな。あの兄妹には昔から、猫かぶり殿下とよく呼ばれていた」

「ガイルって……護衛の？　兄妹……？　マリサのお兄様は、騎士団長だと……」

「ああ。俺の護衛は騎士団長のガイル。マリサの兄だ」

「え……。ガイルさんが、『すぐに脱いで筋肉自慢をしたがる、面倒臭くてむさ苦しい変態』？」

マリサの表現に、ライは愉快そうに笑った。

「確かにガイルは、自分の筋肉が好きで自慢してくる。パン屋でもずっと鍛錬していたしな」

（……そんなことまで知るのは、やっぱりライなのね）

感極まった目でライオネルを見ると、彼は笑みを消した真剣な眼差しをセシリアに向けた。

「……言っただろう？　次に会うのは舞踏会後。それまでにお前を迎え入れる準備をしておくと」

「ええ」

「そして宣言したはずだ。次は、お前を最後まで抱くと」

漆黒の瞳に、ぎらついた光が宿る。

「俺は言葉を違えない。どんなに俺から逃げようとも、逃がさない。逃げられないよう、手は打った」

そう。舞踏会に出た時からもう、セシリアは逃げることが許されない状況に追い詰められていた。

「お前はただの王妃ではなく、つがいの聖女。女神の名において、俺との縁は切れなくなった」

――セシリア。私は……他の男の存在は認めない。あなたを逃がしません。

「お前には逃げ場がない。おとなしく俺の王妃《もの》になれ」

ああ、光と闇、真逆な存在だと思っていたが、間違いなく――同じ人物だ。

舞踏会での直感は、間違いではなかったのだ。

「お前を、ひとりの男として愛している」

「……っ」

「俺にとって妃にしたい女は、お前ひとりだ。セシル……」

ライオネルはセシリアの手を取ると、その甲に口づけた。

「生涯、俺の……ライオネル・アルディアの妃になってくれ。どんな者からもお前を守り、必ず幸せにすると誓う」

「ライ……」

「俺はお前を強引に王妃にすることで、お前が望んでいた世界を変えてしまった。だが過程はどうであれ、俺は――お前ごと、この世界を幸せにする。グローディアも、アンフォルゼン家も、そしてアルディア国もその民も。それは変わらない」

セシリアは歓喜の涙をこぼしながら、笑った。

「ありがとう。ライが……陛下でよかった。陛下がライでよかった。愛する人が……わたしの夫でよかった。嬉しい……ライに愛してもらえて、すごく嬉しい……」

「セシル……」

「ひとりの女として愛しています、ライ聖王陛下。ふつつか者ですが、末永くよろしくお願……」

続きを言えなかったのは、ライオネルに唇を奪われたからだ。

しっとりとした馴染んだ唇を感じ、温室での秘めごとの記憶が蘇《よみがえ》る。

ああ、この唇が欲しかった——。

荒く息をついて唇が離れても、またすぐに唇は重なった。

濃厚に舌を絡ませ合いつつ、互いにどれほど求めていたかを伝える。

セシリアはライオネルの胸板に顔を寄せた。

ライオネルから漂う香《かぐわ》しい匂いが強くなり、うっとりする。

「ずっと、愛していると……お前に言いたかった。だけど身分を明かしていないのに、愛を押しつけ、お前の愛を求めるのは卑怯《ひきょう》だと思った。遊び人の常套手段《じょうとうしゅだん》のようで。だからお前にとって一番の存在になり、俺の本気を証明する環境を整えてから、お前に告げようと思っていた」

本気の証明——それはセシリアを王妃にしたことだとライオネルは言った。

「たとえ、お前が待ち望んでいた世界を変えてでも、俺はお前を手に入れたかった」

そこまで愛されていたことに、胸がきゅんとしてしまう。

「セシル──」

ライオネルは余裕を失った顔でセシリアに言った。

「まだまだお前に言うべきことはたくさんある。だが……もう待てない」

漆黒の瞳には、滾《たぎ》るような熱が見える。

彼が欲情している証だ。

それに呼応するように、セシリアの身体の芯も熱くなる。

「……ええ、あなたにはまだ聞きたいことがあるわ。だけどわたしも……待てない」

男の前では素直になれと、そうレッスンで教えたのはライオネルだ。

恥じらいを見せつつ、だがしっかりとライオネルを見つめて求めたセシリアに、ライオネルはたまらないといった顔で、セシリアに頬《ほお》擦《ず》りをする。

そして彼女を横抱きにすると、天蓋がついた大きな寝台へ運んだ。

ライオネルはセシリアから夜着を剥《は》ぎ取《と》った。

気恥ずかしいセシリアは、顔を赤らめながら言う。

「その夜着、とても綺麗ね。わたし……その職人さんが作るレースがとても好きで……」

「お前のことなら知っている。何度王都で会い、店を見て回ったんだ。俺のために、レースのコルセットを身につけてくるほど、レースのものが好きなんだろう?」

「……っ」

「今度、そこのドレスを仕立てよう。温室に咲く、匂い立つような清楚で淫靡なバラをイメージしたものを。それを見るのも、脱がすのも……俺の役目だ」

下着までとられ、セシリアは丸めた身体を両手で隠そうとしたが、ライオネルはそれを許さない。

「隠すな。お前の身体は……知っている」

「そ、そういうこと……言わないで……」

「ずっと、俺の頭から離れなかった。温室で……お前がどれだけ可愛く乱れ、そしてどれだけたまらない女の顔になって達したのか。どれだけ俺を求めてくれたのか」

ライオネルは、セシリアの髪を手に取ると、口づけて見せる。

「抱きたかった。お前を……俺のものにしたかった」

「……っ」

「あの時、知らせがなければ……もっとお前といたかった。最後までしなくても、もっとたっぷり……俺の愛を伝えたかった。お前が言ってくれた好きの意味を、もっと突き詰めたかった」

「ライ……」

「後ろ髪引かれる思いで、何度も振り返りながら王宮へ戻った。温室からの隠し通路から」

「隠し通路！　だから王都で、あなたの帰る姿をみかけなかったのね」

「ああ。俺はいつも、隠し通路から王都に出入りしていた。騎士団が厳重警備する王宮から、自由に出入りできないからな。発覚すれば、警護の面で騎士団や団長のガイルにも、責任を問われることになる。それに温室への道が閉ざされたら、俺は王都に行けなくなる。お前にも会えなくなる……」

ライはゆっくりとセシリアの上に、身体を沈ませ、セシリアを抱きしめた。

夜着から覗いた彼の逞しい胸板。

少し汗ばんだ熱くて硬い感触を、直接肌に抱いたセシリアは、感嘆にも似た声を漏らしてしまう。

(ライオネルの肌が……気持ちいい)

「……はぁ、セシルの肌は、滑らかで……柔らかで、たまらないな」

セシリアを抱きしめるライオネルの手が、セシルの肌を滑る。

うっとりとした声が耳を掠り、くすぐったい。

(わたし、女磨きを頑張った甲斐《かい》があったのかな。嬉しい……)

「今日の婚礼衣装をまとった姿も……綺麗だった……。思わず抱きしめ、口づけたくなる衝動を抑えるのに必死で、お前を励ますつもりで握った手が、かろうじて俺の理性を繋いでいてくれた」

「……っ」

「わかるか。どれだけ俺が、セシルが王妃になることを心待ちにしていたのか。誰にも邪魔されぬよう、確実に王妃にするため、どれだけ策を練ってきたか。……お前だけだ。王として私欲を慎めと教育された俺が、ここまで激しく求める女は。王都で会えば会うほど、お前との別れがつらかった。会えない間はため息ばかりが出て仕事が捗《はかど》らず、次が待ち遠しくてたまらなかった」

嬉しくて、心臓がトクトクと早く脈打っている。

「でもこれからは、お前がそばにいる。手を伸ばせば届くところに、お前がいてくれる。どれだけ、幸せなことだろう」

ライは両手でセシリアの頬を挟むと、切なげに瞳を揺らして言った。

「愛してる、セシル。お前のすべてが愛おしくてたまらない。お前の気持ちが、俺の気持ちと等しくなれるよう、努力する」

彼の心が向けられていることを実感して、セシリアの心が甘く痺れてくる。

「嬉しい、ライ……。ただ、わたしに王妃としての価値があるか、それが不安。もっと……あなたを支えられる、王妃に相応しい女性がいるのではないかと」

「お前はグローディアを通して、自らも王妃教育をしてきたんだ。ゲームを通して、この国の裏事情にも明るい。俺と国の未来について議論もできるし、民を大事にして、俺と同じ方向を見つめている。……これ以上の王妃はいない」

（わたしがやってきたことは……無駄ではなかったの？）

「それに……レッスンを通して、俺が……子種をたっぷり注ぎたくてたまらなくなる、魅力的な女だということもわかった。誰がなんと言おうと寵妃など作らない。俺は……お前だけを愛するから」

それらの言葉はセシリアを感動させた。

「あなたは……いつだって、わたしを丸ごと受け入れて、愛してくれる。わたし……あなたが誇れるような王妃になれるように頑張るわ。わたしがしてきたすべては……あなたのためだったのだと、胸を張って言えるように」

「セシル……」

どちらからともなく顔が近づき、ゆっくりと唇が重なった。

角度を変えて、ゆっくりと唇が触れるたびに、セシリアから愛が溢れてたまらない。

（ああ、わたしの恋が叶《かな》ったのね……！　ライ、好き。好き……！）

愛をすべて伝えたくて、セシリアはライの首に両手を回し、レッスンで習った濃厚なキスをする。

そう、自分のすべてをライオネルに捧げるために、レッスンがあったのだ。

ライオネルは、激しく舌を絡めてきた。

ふたりは急《せ》いたような呼吸をしながら、互いの愛をぶつけ合うかのような荒々しいキスを繰り返す。

止まらない。

止まりたくない――。

唇を離したライオネルが、情欲にぎらついた瞳で言った。

「セシル――。俺はもう我慢しない。これはレッスンではない。俺とお前の……愛の営みだ」

激しい求愛にくらりとしながら、セシリアは恍惚とした顔で頷いた。

◇・◇・◇

「あ、ああっ」

セシリアの嬌声が、静まり返った寝室に響き渡る。

一糸まとわぬ姿のセシリアが、胸を貪るライオネルの髪を掻き乱した。

キスだけで蕩けた身体は、温室で刻まれた快楽をなぞるように、過敏に反応してしまう。

ライオネルは思う存分、ふくよかな胸を両手で揉みしだいたあと、セシリアの見える位置で、物欲しげに震える胸の頂きを交互に吸い付いてみせた。

「セシル。蕾がもうこんなにこりこりしている。そんなに俺に食べてもらいたかったか?」

「え、ええ。ライに……食べてもらいたかったの」

温室では恥ずかしいだけだった行為も、愛の営みだと思うと不思議に素直な気分になる。

「だったら食べてやる。ん、んん……っ」

胸を強く揉まれながら、尖《とが》った蕾を舌で揺らされ、甘噛みされる。

ぞくぞくとしたものが身体に走り、セシリアは喘ぎながら、無意識に折り立てた足を動かし、ライオネルの足に絡ませた。

「……足が悩ましく動いている。切なそうだな」

ライオネルの手が下に滑り落ち、セシリアの太股を撫で上げる。

「あぁっ」

「お前の肌はどこも滑らかだ。触っているだけでたまらなくなるが……俺の王妃に、まずは丁重に挨拶をしよう」

「え……？」

ライオネルは身体を下にずらすと、セシリアの両膝の裏側を持ち上げて左右に開いた。

そして秘処に、熱い視線を注ぐ。

「ああ、王妃の秘めたる核の部分は……慎ましいな。桃色に蕩けて……たまらない」

「やっ、ライ。見ないで。そんなところ、じっくり見ないで！」

「見させてくれ。レッスンで、俺の指を熱く蕩かせ、触れるだけで甘美な刺激を与えた花園を。ああ、さざめく花弁がいじらしい」

熱っぽくそう言うと、ライはゆっくりと指を伸ばして、花弁を開く。

「溢れてきた。セシルの蜜が……溢れてる」

譫言《うわごと》のように呟くと、ライオネルは秘処に顔を近づけた。

「ライだめ、だめっ」

下生えの茂みに熱い息がかかり、疼いて仕方がなかったところに柔らかな唇が当てられる。

そしてじゅるっと音をたてて、蜜を吸い立てられた。

セシリアは身を捩らせて逃げようとするが、両足はがっしりと固定され、遠ざかるどころかますますライの熱を感じ、気が遠くなりそうだ。

「ああ、セシルの熱い蜜……病みつきになりそうだ」

じゅるじゅると、強い吸引力で何度も啜《すす》られる。

「やっ、あ……ぁ、ライ、だめっ、それはだめったら」

ライオネルの顔を抱えた時、挑発的な目が向けられた。

わざとくねらせた舌先を前後に忙しく動かし、舌で秘裂を愛する様を見せつけてくる。

うっとりと、本当に甘美な蜜でも味わっているかのように。

「ライ、だめよ！　汚いわ、離して」

「汚いものか。上質で……極上な味だ。ん……たまらない」

犬のように這いつくばり、そんな部分を口に含んで奉仕するなんて屈辱だろうに、ライは嫌悪するどころか恍惚とした表情を見せ、男の色香をぶわりと広げた。

妖艶に変わりゆくライを目の当たりにして、セシリアの女の部分が反応し、ますます蜜を溢れさせてしまう。

「あぁ……こんなに蜜をこぼして悦んで。この蜜を……誰にもやるものか。俺だけのものだ。もっと……もっと、俺に蜜をくれ。お前から滴る女の味を、俺だけに……」

ライは両手でがっしりとセシリアの腰を掴むと、頭を大きく振って舌で掻《か》き集《あつ》めた蜜を、ごくんごくんと音をたてて嚥下《えんか》した。

その荒々しさはまるで野獣のようだ。

食べられているような錯覚が起きるが、ライなら食べられてもいいと思う。

猛々《たけだけ》しさを感じるほど、彼の中の男と欲情を強く感じて、身体が昂った。

女として愛されることが、こんなにも嬉しいことだとは知らなかった。

自分が、そんな幸せに与《あずか》れるとは思ってもいなかった。

……ライが好きだ。好きだから、嬉しいのだ。至福だと思えるのだ。

込み上げる愛情は羞恥心に勝り、いつしか、ライを突き飛ばそうとしていた両手はライの頭を抱き、彼の艶やかな髪を狂おしく掻き乱した。

「ん、あぁ……」

セシリアの声が甘くなり、ライの淫らな舌技に身悶える。

「あぁ、こんなに舐め取っているのに、追いつかない。そんなに気持ちいいのか？」

「気持ち、いい。ライに愛されて、気持ちいいの……」

快楽の波間に揺蕩《たゆた》っているようだ。

セシリアは蕩けるような甘美な刺激に夢心地となり、素直に答えた。

「素直で良い子だ」

ライの舌が秘処の前方に這わせられ、ひくつきがとまらない蜜口に彼の指が埋められた。

未開の蜜壷《つぼ》に異物を差し込まれた違和感に、セシリアは身を強張らせる。

しかしすぐにライの舌先が前方に隠れていた秘粒を見つけ出し、舌先でちろちろと揺らしたり、唇で挟んだりしたため、より強い快感が身体に走り、呆気《あっけ》なく果ててしまった。

しかしそれで終わらなかった。ライはセシリアの身体が弛緩《しかん》したのを見計らい、蜜壷を擦り上げるようにして、ゆっくりと指を抽送させてきたのだ。

「あ、ああ……」

その動きに合わせて、セシリアの口から切なげな声が漏れた。

最初に感じていた鈍い痛みは薄れ、今は得も言われぬ恍惚《こうこつ》感《かん》が広まっている。

果てたばかりの身体はライの指を締めつけながら、さらなる快感を拾おうとしていた。

指先が届かぬ最奥が、熱く疼く。

もどかしい空虚感を埋めてほしいと、セシリアの腰が淫らに動き、奥をせがんだ。

「どこで覚えたんだ、その腰遣い。そんなはしたないこと、俺は教えていないぞ?」

「……っ、これは勝手に……」

「それは男を誘う動きだ。子種をねだる女の腰だ」

ライの声が熱っぽい。

「焦るな。たっぷり、お前の中に……注ぐから」

その言葉で一気に快感が強くなった。

セシリアがぐっと背を反《そ》らすと、頼りなげに開かれた両足が震え、つま先に力が入る。

「ああ……あああっ」

嵐のように駆け抜けた快楽に、セシリアはライオネルの頭を抱きしめながら嬌声を迸《ほとばし》らせ、果てを迎えた。

きめ細やかな白肌は快楽に上気し、艶めかしい紅をうっすらとまとっている。

それを眩しげに眺めたライオネルは、セシリアの隣に身体を伸ばして、彼女を胸に抱きしめる。セシリアもライオネルの背中に手を回した。

（ああ、人肌って……熱くしっとりとして……こんなに気持ちがいいものなのね。愛する人の肌と直接触れ合っていると思ったら、余計）

夜着を脱いだライオネルは、騎士のように鍛えられた逞しい身体をしていた。

今でも幼馴染みの騎士団長と剣や拳を交え、実戦さながらの真剣さで、身体を鍛えているという。

服を着ていれば上品さを漂わせ、服を脱げば野性的な精悍さを魅せてくる。

手に触れる背の筋肉は男らしく、その盛り上がりを確かめるように指を滑らせると、自然に感嘆のため息がこぼれてしまう。

ライオネルはそんなセシリアに気づき、静かに笑ったあと、彼女の唇を奪った。

優しく、しかし男らしさを伝えてくる唇。

唇を重ねているだけでこんなにも気持ちがいい。

やがてライオネルに舌先でせがまれ、セシリアは薄く唇を開く。

すると彼はセシリアの頭を抱えながら、深く舌を差し込んできた。

セシリアの舌はすぐに搦めとられ、縺《もつ》れるようにしてねっとりと絡み合う。

濃厚なキスに酔いしれながら、汗が混ざったライオネルの香りにくらくらする。

セシリアの官能を刺激する、欲情を煽《あお》る媚香の如き、蠱惑的な匂いだ。

先ほどまで、さんざんライオネルの舌と唇で愛された秘処が、また熱く濡《ぬ》れてきた。

ライをまた感じたいと訴えているようだ。

何度も果てたばかりのくせにあまりにもはしたない。

そう思って自身を鎮めようともぞもぞと足を動かしていると、ライオネルが彼の足を絡めてきて、互いの下半身を擂《す》り合わせることになった。

「……可愛いな、俺の妃は。あれだけでは足りないと、俺にこうしてねだるなど」

「ね、ねだっては……」

「ねだっている。お前の揺れる腰は、痛いくらいに勃ちあがった俺を愛でて、蜜で溢れるお前の中に誘おうとしているじゃないか」

「……っ」

ライオネルは、自分に絡みついているセシリアの片足を持ち上げると、怒張して天を仰いでいるそれを手にして、セシリアの花弁を割った。そして熱く蕩けている花園の表面を、己の先端の硬い部分で円を描くようにして、ごりごりと抉ってくる。

「あ、ああっ」

乱れるセシリアを見て、ライオネルは、うっとりとした顔で笑った。

セシルを見つめるその目は、ぎらつきを見せる捕食者のようだ。

「セシル……挿《はい》るぞ」

ライオネルは宣言すると、ひくついている蜜口に己自身を埋め込んだ。

大きな熱杭が、狭道をぎちぎちと押し開いて挿ってくる。

指の挿入とは違う。ずっしりとした質量を持つそれは、内臓を捲《めく》り上げるかのように、内壁を強く擦り上げて侵入してくる。

否応なく、それはセシリアを蹂躙して、支配していく。

「あ……」

震えた吐息を長くついたのは、どちらが先か。

ゆっくりと、しかし暴虐的に進んでくる剛直に、セシリアは恐怖に青ざめながら痛みを我慢する。

どんな知識があっても役には立たない。家庭教師の言う通り、相手に身を任せるしかないのだ。

この嵐が過ぎ去るのを、ひたすら待つしか。

そんなセシリアを悲痛な面差しで見つめるライオネルは、汗を滴らせながら唇を噛《か》みしめ、苦しげな息をついている。

どちらが侵略されているのかわからない。

「セシル。もう少しだから……もう少しだけ……」

一気に貫きたいのを我慢して、ゆっくり進めてくれているのだろう。

なにもライオネルが我慢することはないのだ。

自分は、ライオネルに崇《あが》められる女神でもなんでもないのだから。

「……来て」

セシルは微笑み、ライオネルの首に両手を巻きつかせる。

「優しくなんてしなくていい。わたしに……あなたを感じさせて。ずっとずっと……あなたとひとつになりたかったの」

するとライオネルがぶるりと震え、呻《うめ》くような声で言う。

「俺の理性を……砕く気か！」

苦悶《くもん》するライオネルとは対照的に、セシリアの中の彼は悦びに大きくなった。

その変化に気を取られた次の瞬間、

「お前の……望むままに」

唇を奪われ、そしてずんと腰を大きく入れられた。

痛みが走り涙が流れたが、セシリアからは悲鳴は漏れなかった。

ライオネルの唇に塞がれていたからというより、拒絶の声など出したくなかったからだ。

じんじんと痛んで呼吸は震えるが、自分の欠けた部分に、みっちりと……愛する彼で満たされたことが、たまらなく嬉しかった。

込み上げるのは感動と、愛おしさ。

ようやくひとつになれた多幸感に、今度は違う涙が出てくる。

「痛い……？」

ライオネルが心配げな顔をしてセシリアの顔をのぞき込み、柔らかな唇で拭う。

「そんなの……忘れたわ」

「涙が……」

「嬉しいの」

セシリアは顔を綻ばせた。

「わたしがすべてを捧げる相手が……あなたでよかった」

「セシル……」

「わたしを愛してくれるのが、あなたでよかった」

再び涙が頬に伝い落ちる。

「ありがとう、ライ。この世に生まれてきてくれて。あなたが、民のことなど考えない非情な王だったら、あの日あの時……わたしたちは、王都で出逢わなかった」

彼に伝わるだろうか。

「あなたが、モブのわたしに、幸せをくれたの。あなたは……わたしの人生を……変えてくれたのよ」

伝わってほしい。

無力な名ばかりの妃だけれど、愛する王を支えるために全力を尽くすから。

「覚えていて。わたしは……ずっとあなたの味方よ。この先どんな困難なことが起きたとしても、わたしはあなたのそばにいる。あなたを愛し続ける」

黒い瞳が激しく揺れた。

「聖王みたいに感情を抑え込まず、わたしの前ではあなたの感情を見せてね。あなたがなにを想っているのか、一緒に……感じたいの」

生まれながらに王になることを宿命づけられた彼には、きっと表から窺い知れない苦労があるのだろう。

彼は強くても神ではない。王であっても全能ではない。

ライオネルに人には見せられない顔があるのなら、自分にはそれを見せてほしい。

ありのままの自分を受け入れてくれた彼のように、自分もまたすべての彼を受け入れたいから。

彼が傷ついた時は、誰よりも近くで彼を癒やしてあげたい――。

「一緒に、歩いていきましょう」

ライオネルは喜悦と悲痛さを混ぜた顔を歪ませ、天井を仰ぎ見た。

そして震えた声を響かせる。

「女神アルディア……心から感謝する。私に……彼女を、私だけの聖女を遣わせてくださったことに」

繋がった部分から、熱が全身に広がってくる。

「私が……もっとも欲しいと、あなたに願っていた……つがいの、運命の聖女だ！」

闇をまとうライが、聖王のように光をまとって見える。

次第に彼から光と熱が強まった気がして、思わず目を細めた時だった。

ライオネルは、ゆっくりとセシリアに視線を戻した。

その目を甘やかに、そして愛おしげに細めて。

「――セシル。お前と巡り会えてよかった」

ライオネルの髪が変化していた。

闇色から光の色へ。瞳の色も同じく。

「俺の本来の髪や瞳の色は黒ではない。身も心も……偽らない姿で、お前と愛し合いたいんだ」

外面は聖王、内面はライのまま、ライオネルはゆっくりと腰を動かした。

質量あるものがゆっくりと引き抜かれ、そして押し込まれる。

腹を圧迫する違和感や痛みはあるが、何度も抽送を繰り返されると、ざわざわとしたものがセシリアの身体の表面に走り、深層から快感のさざ波が立ち始める。

「あ……っ、ん……あぁんっ」

セシリアに破瓜《はか》の痛みを伝えていた部分は、徐々に快楽に上書きされ、ライオネルの動きに合わせて律動的に漏れる声が甘さを滲ませていく。

やがて愛おしい存在を離したくないとでもいうかのように、柔襞が彼の剛直を包み込んで締め上げるようになると、ライオネルは喉元を晒すようにして背を反らせた。

「あぁ……セシル……！」

そしてセシリアにゆっくりと向けられたのは、とろりとした恍惚な表情だ。

「あまりにも気持ちよすぎて、お前の中にもう放ってしまいそうになる」

清らかな聖王が淫靡な空気をまとうだけでも、たまらない気分になるのに、満開のバラが放つ濃厚な香りの如く、男の艶と色香をぶわりと広げられると、ぞくぞくとした興奮に身悶えてしまう。

「もう……痛くないのか？」

「痛くない……」

「だったら……もっと、もっとお前を感じたい。ん……あぁ……！」

抽送が激しくなる。

内壁を勢いよく擦り上げられる度、快感の波が大きく押し寄せてくる。

「あ、んっ、あぁんっ、ライ……ああ」

「セシル、セシル……！　お前は……最高だ。ああ、お前の中がすごくうねって……悦んでいる！」

薄く広げられた唇。汗が滴り落ちる男らしい首筋。

苦悶の表情でプラチナブロンド髪を振り乱して悶えるライオネルは、とても扇情的だった。

ああ、自分の欠けた部分を補ってくれる、この愛おしいものはなんだろう。

それをみっちりと埋め込まれひとつになると、嬉しくて泣きたくなってくる。

まるで望郷の地に辿《たど》り着《つ》いたかのような、不思議な懐かしさと安心感がある。

――私が……もっとも欲しいと、あなたに願っていた……つがいの、運命の聖女だ！

本当につがいならいいと思う。つがいになりたい。

（ライとこのまま、ひとつになっていたい……）

奥を猛々しく穿《うが》たれるたびに、身体が悦んでいる。

もっと彼が欲しいと、渇望している。

「は、ぁ……っ、気を抜くと、もっていかれそうになる。なんだこの……快楽は」

ライオネルの唇から、うっとりとした声が漏れる。

「俺を……離したくないって、言ってる。あぁ……お前の熱い襞……たまらない。俺に絡みついて、子種を搾り取ろうとしてる……」

苦しげな顔をしているのに、その声は昂りに上擦っていた。

時折、苦悶を浮かべた顔をふるりと横に振り、荒い息を繰り返す。

彼もまた、感じてくれているのだと思うと、嬉しくて仕方がなくなる。

熱を帯びた瞳と視線が絡むと、やるせないというように唇を奪われ、舌を絡められた。

舌も指も、そして下半身も、ひとつになって溶けてしまいたいと訴えている。

「セシル……愛してる」

そして心も切望している。

「ずっとずっと……こうしたかった」

「わたしも……ライに抱かれたかった」

さらに雄々しさを増した剛直が、抽送を速める。

まるで早く自分の形を覚えろと、急かされているかのようだ。

セシリアは奥まで彼の愛を甘受したいと、ライの腰に足を巻き付けた。

するとライは、熱に蕩けた琥珀色の目を細めて、切なげに言った。

「あぁ……お前を抱いたまま、息絶えたい」

愛し合う、この一瞬を終わらせたくない。

それはセシリアも同じこと。

愛しい王がそれを望むなら、喜んでそれに従おう。

それが……王妃としての覚悟でもある。

「でも今は……まだ、お前とともに……生きていられる喜びを……感じよう」

「……ええ」

「お前を抱いて眠り、お前を抱いて目覚める。味気なかった毎日が、これからはどれだけ……希望に満ちたものになるか」

ひとつになって揺さぶられながら、さらなる壁を壊そうと剛直が貫いてくる。

快楽の波が渦になり、セシリアを呑《の》み込《こ》もうとしていた。

「あぁ、ライ、ライ……壊れる。わたし……壊れちゃう！」

「ああ、壊れていい。俺が一緒だ。どこまでも――！」

愛し愛される悦びを知ったセシリアの身体は、今まさに弾《はじ》け飛《と》ぼうとしていた。

ぐじゅぐじゅと卑猥な水音が愛の激しさを物語り、絡め合う舌が果ての近さを知らせる。

「セシル、一緒に……！」

余裕のない声に導かれ、セシリアはライオネルを見つめながら、果てに向かって駆け上った。

「ライ……ああ、陛下っ、すごい……すごいのが……！」

「俺も……だ。ああ、お前の中……よすぎる……！」

さらに勢いを増した抽送が、セシリアの奥を深く貫く。

完全にひとつになった瞬間に、ライが告げた。

「セシル……愛してる！」

わずかに震え、ぶわりと大きくなったライから、熱いものが迸る。

それを最奥で受けたセシリアは、この上ない至福に浸りながら、弾け飛んだ。

何度も注がれる、ライオネルの激情。

至福感に酔いしれるセシリアが、嬉しそうにライオネルに微笑みかけると、彼女の中にいるライオネルはすぐにびくんと反応して芯を持ち、再び動き始めた。

「や、だめっ、わたし、まだ……」

「だめだと？　こんなにきゅうきゅうと締めつけて、まだ足りないと……子種をせがんでいるのに？」

挑発的な流し目に、セシルはぶるりと震えた。

「俺がどれほど今まで我慢して、お前を求めていたのか、夜通し……教えてやるから」

愛の営みは止まらない。

夜が更けても続いていく。

ふたりは荒々しく唇を重ね合い、何度も果てを迎えながら、激しく求め合った。

身体に残るこの熱が、永遠に続くことを祈りながら。

第四章　新米王妃は負けない

婚儀を終えて四日後、王の執務室――。

たくさんの書類に目を通して精力的に処理をする、ライオネルの姿があった。

やがてやってきたのは、騎士団長のガイルだった。

父親譲りの猛々しい顔をしており、かなり身体を鍛えているため、軍服がはちきれそうだ。

「よう、ライ。しばらくは王妃の部屋から出てこないと思ったのに、随分と仕事熱心だな。もしかしてしつこく迫りすぎて、王妃に部屋から追い出されたのか？」

がはははと豪快にガイルは笑った。

ライオネルとふたりだけの時、ガイルはライオネルに昔ながらの気安い物言いで接する。

彼は、ライオネルの素が〝猫かぶり〟ではないことを知る、数少ない貴重な存在だった。

「そんなはずないだろう。毎朝、セシリアと離れるのがつらくてたまらない」

ライオネルは悩ましげなため息をついた。

片耳には、セシリアの瞳を彷彿《ほうふつ》させるアメジストの耳飾りをつけている。

「王妃にして手に入れたはずなのに、手に入らない女を抱いているように渇望が止まらない。触れるほどますます深みにはまって、溺れていくようだ」

愛でれば愛でるほど、滑らかな白肌が艶やかに紅潮し、清楚な顔が妖艶な色香に満ちる様は、思い出すだけで身体が昂る。

閨ではあんなに乱れるのに、朝、自分の腕の中で目覚める彼女は、なんと初々しく神聖なことか。

はにかむようにして笑う顔。

ぐいと引き寄せると、おずおずと彼の胸板に顔を寄せる仕草。

彼女からの純粋な愛を伝えられると、平静ではいられなくなる。

溢れ出る強い想いに呑まれるように、獣の如く猛《たけ》って彼女の中で果ててしまう。

そのすべてを受け入れてくれる彼女と、愛を叫んで弾け飛ぶ至福感を知ってしまうと、滾った熱はそう簡単には鎮まらないのだ。

ずっと、彼女と身も心もひとつになりたいと望んできたゆえに――。

「溺愛、か」

ガイルの言葉を受け、まさしくその通りだと、ライオネルは頷いた。

するとガイルは、がははと声をたてて豪快に笑った。

「女に対して淡泊で、国の未来を案じて王妃選びに慎重だったライが、偶然助けた侯爵令嬢にここまでのめりこみ、王妃にしてしまうなんてな。お前がどれだけの覚悟を持って裏で動いて手に入れたのか、王妃にはもう話したのか？」

「いや。セシルの顔を見ると、口から出てくるのは愛の言葉ばかりだ。それでもまだ足りないと抱いてしまう。抱いてしまったら愛が溢れて……ふぅ。果てないんだ、セシルへの愛は」

「最高の形で想いを叶えたはずなのに、まだ恋い焦がれた顔をするのか。そんなに離れがたいなら、秘書官のエウバを休暇にしないで仕事を押しつけ、王妃と蜜月を堪能すればよかったじゃないか。エウバはお前に心から忠誠を誓っている。仕事を任せていても問題はない」

エウバとは、前王の時に若くして文官になった男性のことで、赤銅色の長い髪をひとつに結んで、片眼鏡《かためがね》をかけている。

記憶力がよく、仕事はてきぱきとして未来有望な文官だったが、宰相派の誘いに乗らなかったため、宰相の逆鱗《げきりん》に触れて孤立してしまった。さらに彼の秘密の恋人が、宰相によって危険に陥ったところを助けたのが、王太子のライオネルだった。

宰相の力を拒んだエウバを見込んだライオネルは、その恋人を安全な場所に隠匿し、エウバを自分の秘書官に任命したのだ。

彼はライオネルに忠誠を誓い、秘書官の仕事以外でも、密《ひそ》かに宰相一派と接触して宰相の動きを探ったり、ライオネルの動きを宰相に知らせないようにしたりと、立ち回ってくれた。

彼の機転と勘の鋭さに、何度も助けられてきた。

ライオネルはガイルに言う。

「エウバは、名前を変えた恋人と結婚し、子供が生まれたばかりだ。幸せの真《ま》っ只中《ただなか》にいる彼を、舞踏会や婚姻の儀の準備に奔走させ、家に帰さなかったんだ。それにエウバが白鳩を飛ばして、宰相が異国に旅立ったことをすぐに知らせてくれたから、セシルを王妃として手に入れられた。その功績は、一週間の休暇でも足りないくらいだ」

「さすがは慈愛深い聖王様だ。忠臣の労《ねぎら》いのために、体力を削って仕事をなされるとは。……と思わせておいて、これからエウバを扱《こ》き使う気だからだろうが」

ガイルはにやりと笑って言う。

「宰相殿が認めていない令嬢を強引に王妃にしたんだ。虚仮《こけ》にされた宰相殿の報復を見越して、それを利用し、本格的に動くつもりだな？　……宰相殿一派の粛清に」

「ま、そうともいう」

つらりとして答えたライオネルに、ガイルは声をたてて笑った。

そんなガイルに、ライオネルは神妙な顔をして尋ねた。

「なあ、ガイル。お前から見て、この数日間で俺は、どこか変化したように思えるか？」

「また惚気《のろけ》か？　お前の色気がダダ漏れになりすぎて、使用人たちが卒倒しかけて仕事が捗らないと、マリサが困っていたぞ」

「違う、そういう変化ではない。……力が漲《みなぎ》るんだ。正しくは、張り過ぎている。ほんのわずかずつだが、女神の力が……失われていた神力が……回復しているように思えるんだ」

ガイルは訝しげに目を細めた。

「……つまり王妃は、契ることでお前に女神の力を注ぐ、本当に女神アルディアに祝福された、〝アルディアの聖女〟だったと？」

「そうとしか思えん。俺がつけた痣も、聖痕のようになっているし」

セシリアを王妃にしたことが理由なのか、契ったことが理由なのか。

「宰相殿のあの養女を、女神に祝福された特別な女性とすることは、さすがの女神様もご立腹なさり、本物を派遣したということか。そのあとだものなあ、セシリア嬢……いや王妃と出会ったのは」

ライオネルはガイルの笑い声を聞きながら、セシリアと初めて会った日の、この執務室でのことを思い出す。

ライオネルは、閉められたドアの音を聞き、深いため息をついていた。

「……ガイル。あの公爵令嬢、なんとかならないか。いや、なんとかしたいのは娘より父親の方だが。重要事案だと、この執務室に押しかけてくるから、国になにかあったのだと思えば……」

執務机で頭を抱えたライオネルを見て、ガイルが笑った。

「ライが宰相殿に押し負けて、自慢の娘を嫁にすれば終わるんじゃないか？　慈愛深い聖王陛下なんだから、貰ってやれよ。前に連れてきた実の娘だの親戚だのよりは可愛い顔をしているから、きっと顔だけ取り柄のような娘を養女にして、公爵令嬢っぽくすればいけると思ったんだろうな。言動を見れば、令嬢教育は失敗しているようだが。あのふたりの雰囲気……宰相殿のお手つきは間違いないだろうし、彼女を選べば、夜は義父と仲良く兼用になるだろうがな」

ガイルはがははと豪快に笑った。

「産まれたのが宰相殿の子供なら、宰相殿は事実上の王族となる。血が繋がる王子を操れば、アルディア国を手中に入れたも同然。臣下ではなく王になる」

「笑えない冗談を言うな。妃くらい、俺に選ばせてくれ。それでなくとも幼少の頃から、自由や選択権がなく、あれこれ打算的な思惑に巻き込まれて、いい迷惑をしていたんだ。俺の姿や地位を、宝飾品かのように見せびらかしたいだけの女は勘弁だ。特に今回の宰相の養女……」

ライオネルは、宰相と去ったばかりの、ピンク色のドレスを着た黒髪の令嬢を思い出して、顔を引き攣らせた。

自分が一番可愛いと信じて疑わず、純粋可憐さを演出しているつもりで、満開の花畑になっている頭の中を披露した。教養や知性などなにも感じない令嬢だった。

——陛下のためにこのドレス、新調したんです。陛下、ルナ……可愛いですか？

——背中のリボンを解くと、一気にドレスが脱げるんです。陛下……なにか言ってくださいよう。

もしかして、ルナの裸を想像しちゃったとか？　きゃっ！

「おぞましい……未知なる伝染病に全身が冒された心地だったな。拒絶反応のあまり思考できない経験は初めてで、呼吸困難に陥った。すべて流し聞いていたら、俺の無反応さが不満だとばかりに向けられたあの……にゅうと尖らせた口。ひねり潰そうかと本気で思った。お前が機転を利かせて、あの場に割り込んでくれたからよかったものの……」

　するとガイルが、ひーひーと涙を流しながら笑った。

「日頃から穏やかで、敬虔かつ慈愛深い聖王様が、激情家の素を丸出しにしてそんなことをしたら、それこそ笑えない冗談になるからな。ははは、でもようやく、名前を覚えたんじゃないか？」

「ああ。家族間ならまだしも、国王に向けて己の名を連呼する令嬢が、この国に存在することを初めて知った。強烈だったからな。ルナ……と言ったか」

「存在を認識させるという点では、宰相殿の目論見は成功したな。しかし、あれで王妃教育がなされているだなんて、よく言えたものだ。しかも真面目腐った顔で」

——陛下。実はこのルナは……女神アルディアに祝福されており。首元を見てください。伝承に記されている、運命の乙女の証……〝つがいの印〟が！

「どう見てもあれば、染め粉みたいなものでつけた偽ものじゃないか。……羽根の形のつもりか？　痒《かゆ》くなって擦ったのか、芋虫みたいな妙な形になっていたな」

「宰相も焦って強硬手段に出たのかもしれないが、俺とつがう特別な相手なら。ましてやそれが女神に祝福された乙女というのなら、その力を受け継いでいる俺が、本物かどうかを感じ取れるとは思わないのか」

　するとガイルが、ふっと真面目な顔で言った。

「そんな力はないのだと思っているんだろうな、前王が……神託ができなくなってしまった時点で」

ライオネルは屈辱に唇を噛みしめた。

父王が宰相をそばにおいたのは、王として最大の国事である神託ができなくなったからだ。女神の言葉を聞くことも、その力を感じることもできなくなった。

アルディア国王が女神の力を失えば、民は誰も王の言葉に耳を貸さなくなる。

そこで宰相が、その事実を伏せて異国の力を強め、アルディア信仰を弱めた。

もしもアルディアの力がなくなっても、王に責任が言及されぬようにと。

そして宰相は力を蓄えたのだ。

ライオネルにも、昔の聖王ほどの力はなかった。

神託を通じて女神のお告げを聞くことはできないが、その力を感知したり、一方的に光を発現したりはできる。

だがその程度では、アルディアを統べられないのをわかっていたから、それを告げなかった。

幼き頃から神童と称えられ、今も聖王と崇められていようとも、本当の彼は、王だけが持つ女神アルディアの力を発揮して国事を行えないのだから。

だから事情を知る宰相が、いかにライオネルを見下そうとも退けられない。実際、宰相の才覚で助かったこともある。

段々と王と宰相の力が逆転していくことに、焦慮と危機感を募らせて女神に祈りを捧げても、状況は改善しない。

王とはいかなるものか――。

それを女神から問われている気がして、ライオネルは周囲の言葉を鵜呑《うの》みにせず、自らの目と耳で事実を確かめようとした。

王都を視察し、民たちの暮らしに触れ、なにをどうすればいいのかを学んでいたのだ。

「俺が求める王妃は、俺と同じ未来を見つめて、俺の隣に凛《りん》然と立てるような女だ。ルナは話にもならない」

昔は、つがいの印を持つ乙女の出現を楽しみにしていた。

だが現れるのは、打算的な女たちばかり。

女神アルディアは、自分にとって特別となる女性を差し向けてくれないのだと落胆してから、そうした伝承に夢を持たずに、現実的になった。

なにかに頼り切ってはいけない。

自分の足でしっかりと地に立って前に進まねば、いい未来は作れない。

特に異国文化が流れ込んでいるこの国では、民もその自覚をもってもらいたい――。

「……ガイル、もう日も暮れかけてきたし、気分転換に王都に行ってくる」

「俺も行こう。王都名物のあげいも、食おうぜ」

そして王都に出向き――セシリアに会ったのだ。

セシリアをごろつきから助けたのは、本当に偶然のことだった。

質素な身なりをしていたが、その物腰から貴族の娘であることはわかった。

貴族は王としての自分を見ている者が多いから、髪と目の色を変えても疑われる可能性がある。

だから王都ではできるだけ貴族とは関わらず、民とだけ交流をしていた。

あの日、買い物をしているガイルの横で、鳥の羽ばたく音が聞こえ、ふとそちらを見た。

ごろつきが、女性の口を手で塞いで裏路地へ引きずり込んでいる。

騎士団長であるガイルを伴っているのだから、いつものようにいざこざを見かけたら、ガイルに任せればよかったのに、気づけば身体が動いてしまった。

どうしても自分が、彼女を助けなければいけないと思ったのだ。

助けた令嬢と目が合った瞬間、謎の衝動が胸に広がった。

まるで、ずっと探し続けていたものを見つけたかのような、感動に近いもの。

武者震いにも似た喜悦が込み上げ、不可解にも泣きそうになった。

――前世というか、別世界というか、いやこの世界には間違いないんだけれど、なんと言えばいいのか……。

なにを言っているのかよくわからないのに、なぜか彼女が発する言葉が新鮮で興味深く、閉塞的だった自分の世界を切り拓《ひら》いてくれるような予感がした。

どうしても彼女を知りたい。逃したくない。

セシリアがライオネルの反応を窺いながら口にした知識は、最初こそ理解しづらかったが、ゲームの世界のイベントだのフラグだのいう謎めいたものは、国家の重要機密に関わることが多かった。

さらに天災や危難の到来時期や、その対処法まで淡々と語っている。

国の裏側やこれから先に起こることまで言い当てる彼女を、異国の間諜《スパイ》や、アルディアを混乱に貶《おとし》めるための工作員かと疑わなかったのは、発言主が彼女というだけで、なぜか無条件の信頼があったためだ。

またセシリアは、ゲームのことを語りながら、どうすべきなのか自分の意見もきちんと言えるところも好ましかった。

かといって過剰な自己主張はせず、貴族としての嗜みもあり、自分の立場を弁《わきま》えている。

自分の意志を貫く強さを持ちながらも、彼の意見に素直に耳を傾け、頼ってくれる。

――ありがとう、ライ。あなたの助言のおかげで、悩みがひとつ消えたわ！

絶大な信頼感を寄せてくれる彼女の笑顔は、なんと可愛いものか。

本音を隠した駆け引きばかりをしたがる、媚びた女たちとは違った。

セシリアと国政について、民の暮らしについて、色々なことを語った。

ただのライとして、聖王として、セシリアから気づかされたことも多い。

そしてなにより、ふたりの理想が同じもので、意見が合うところが嬉しかった。

会話するのが楽しくてたまらない。

――ねぇ、ライ。隠しルートを開くためにわたしが先回りして動いているせいで、わたしが知るゲームの世界とは微妙に変わっているの。特に国家情勢が。

そうなのかと神妙な顔で頷きながら、ライオネルは心でいつもセシリアに謝っていた。

すまない、セシル。

お前のもたらす情報を活用して、俺が臣下に命じて裏で色々と変えてしまったんだ、と。

そんなライオネルに気づかない家族思いのセシリアは、最愛の妹を聖王……即《すなわ》ち自分と結ばせるために色々と奔走している。その健気さが可愛らしいため、その話をいつも聞いていたが、彼女の望み通りにする気は毛頭なかった。グローディアという存在に、男として興味すら覚えないからだ。

ライオネルの心を動かすのは、セシリアただひとり。

そしていつの間にか、セシリアを女だと意識するようになった。

会えば心が躍り、別れが近づけば切なくなる。

幾度、王宮に連れて帰りたく思ったことだろう。

だが王だと知られては、セシリアはもう打ち解けた笑みを見せてくれなくなるかもしれないと、自分に言い聞かせて、遠ざかる馬車をやるせなく見送っていた。

そして次の逢瀬が待ち遠しくてたまらなくなり、同時に週に一度しかない逢瀬を恨めしく思う。

日増しに強まる諸々《もろもろ》の情が、恋というものなのだと自覚した時、妙にしっくりと受け入れられた。

恋だと認めれば、男の情は加速する。

セシリアに触れたい。セシリアに男として意識されたい。

唯一無二の王妃にしたい――。

彼女が欲しいと思うようになって殊更に、アレクの存在は苛立った。

アレクは、ガイルがよく自慢していた腹心の副団長だった。彼の有能さは、ガイルの御墨付《おすみつ》きであり、女性たちから熱い視線を向けられていることも知った。

そんなアレクをセシリアが懇願して婚約者にしたのは、グローディアとアレクが結ばれる不幸なルートに進ませないためだと、彼女は説明した。

アレクに婚約者が必要なら、他の女に押しつければいい。たとえ舞踏会までという期限つきであっても、アレクやスタイン家に対価を払ってまで、なぜセシリアが彼の婚約者になる必要があったのか。

彼女にアレクに対する特別な感情があるのではないかと邪推してしまい、嫉妬心が大きく煽られた。

家族ぐるみで付き合いがあるアレクに比べて、自分はどうだ?

数時間、王都で会って話すだけの、素性も知らない茶飲み友達だ。

セシリアは、聖王という存在をゲームでは最高の男性だと賞賛し、自分も攻略してみたかったなどと話すくせに、この世界で色を変えただけの自分には、その気にならないらしい。

こんなに想っているのに、ここにいる自分の方が、おとぎの世界の虚像のようで悔しくなる。

自分を見てほしい。

雑談の相手ではなく、ひとりの男として。

――俺にとってセシルは……〝その他大勢のどうでもいい女〟ではない。

特別に思っていることを口に出すようにしてみたが、彼女は微妙な戸惑いを見せるだけで、笑って話を流してしまう。

伝わらないのは、素性を隠しているせいなのだろうか。

王だと告げたら、真剣に受け取ってくれるのだろうか。

……いや、王は妹と結ばれる運命だと信じ込んでいる彼女に、それは受け入れがたいだろう。

妹と聖王が結ばれないのは自分が邪魔をしているせいだと、異国にでも行って行方をくらませてしまうか、最悪の場合は命を落とそうとするかもしれない。

やはり外堀を埋めて、セシリアが逃げられないように囲い込むしかなさそうだ。

……どんな手を使ってでも。

レッスンを提案したのは、グローディアのためではない。

セシリアとの関係を深め、そして今のもどかしい関係を変えるためだ。

とはいえ、セシリアを最後まで抱く気はなかった。

既成事実を作って、一気に囲い込むことを考えなかったわけではないが、記念すべき初夜が、秘めやかな逢瀬で隠れて行われるものになるのは、セシリアをぞんざいに扱っているようでいやだった。

また、形だけとはいえ、婚約者のアレクに対し、罪悪感を持たせてしまうのも忍びない。

抱く時は、ふたりの愛の巣となる王宮で、皆に祝福されて堂々と。

身分を隠してこそこそと帰ることなく、偽りのない真の姿で、心ゆくまま愛し合いたい――。

結婚の前座となるレッスンでは、男として意識し、真剣な愛を感じてもらえればよかった。

それなのに、まさかセシリアが、あんなに女っぽく自身を磨き上げ、誘惑をしてこようとは。

その時点で、ライオネルの理性は砕かれ、込み上げる愛と欲に自分を制御できなくなった。

——やっ、ライ、へんに……なっちゃう。だめ……！

セシリアの身体からたちのぼるような、香しい匂い。

快感に蕩けたその顔は、どれだけ蠱惑的なものなのか。

絡み合わせる舌も、手のひらに吸いついてくるきめ細やかな肌も。

しっとりと汗ばみながら弾むその胸も、果実のような胸の蕾も。

そのどれもが極上で、もっと味わいたくてたまらなくなった。

感情を押し殺すことに慣れているはずなのに、激しい欲情に翻弄される。

セシリアの表情や感触、そのひとつひとつに、自分の男の部分が痛いくらいに反応していた。

——男としてのあなたが……好き。

どれだけその言葉を待っていただろう。

快楽に流されて出たものであっても、王ではない自分を、打算なく求められた悦びに打ち震えた。

セシリアが愛おしくてたまらない。

熱い蜜で蕩ける彼女の中に包まれたら、どれほど至福なことだろう。

このまま彼女の深層を何度も貫き、最奥に注いで孕ませたいと心底思った。

自分の愛の証を、彼女の身体に刻みたい――。

しかし抱くのは、彼女を王妃にして、自分の愛が真実なものだと証明してからだ。

欲に流されて約束を破る、不誠実な男だと幻滅されたくはない。

セシリアへの真剣な想いが、一線は越えまいと彼の理性をかろうじて繋《つな》ぎ止《と》めたのだ。

その分、心を確かめ合おう。

性欲に勝るだけの愛の充実を、セシリアと――。

そう思っていたら、千載一遇の機会を告げる鳩が飛んできた。

嬉しい知らせを持ってきた鳥なのに、あれほど恨めしく思ったことはない。

――もう少しだけ、一緒にいない？

本当は帰りたくなかった。

しかし、王宮に戻ってすぐに動かないと、セシリアを手に入れられない。

――舞踏会が終わるまで待つから、その時はセシル、俺を受け入れろ。

――次こそは……俺のすべてを包み隠さずお前に見せるから。

あと数日の辛抱だ。今を我慢すれば、次に会う時は――。

そして、計画通りに最短で確実に彼女を手に入れた。

同じ寝台で寝起きしているのに、彼女の部屋を出る時は、王都で別れるような切なさが募る。

溺愛、寵愛……そんな言葉で片付けられない、もっと深いものが奥底にある。

そんな物思いに耽《ふけ》っていたライオネルは、ガイルの声で現実に引き戻された。

「なあ、ライ。もし王妃が、お前に女神の力がないと知ったら、どう反応すると思う?」

ガイルが意地悪く、にやにやと笑っている。

「セシルはこの世界で〝ありえないこと〟について、耐性がついている。驚いて混乱しても、頭の中を必死に整理して順応し、俺と同じところを見ようとしてくれるだろう」

思い返せば、ライオネル自身もそうだった。

彼女が語る、前世やらゲームやらの知識に驚きながらも拒絶感はなく、少しでも早く理解したい気持ちがとても強かった。彼女と同じものを見たいために。

セシリアがつがいなら、同じ反応をするはずだ。

「すごい自信だな」

「ああ。セシルが力がない王を馬鹿にするような女なら、俺は彼女を王妃にはせず、愛することもなかったろう」

「しかし失望して、あっさりと蜜月期が終わる危機もあるぞ?」

ライオネルはふっと笑った。

「俺が、終わらせると思うか?」

どこまでも不敵に笑うライオネルに、ガイルは両手を挙げて降参と告げると、大笑いした。

◇・◇・◇

ライオネルが政務に励んでいる間、私室にいるセシリアはマリサとともに、差し入れられた焼き菓子をほんの少しだけ、舌で舐めていた。

その菓子はつい先ほど、あるメイドが運んでくれたものだ。

(このきつい甘味《あまみ》と、舌の痺《しび》れ具合《ぐあい》は……)

「セシリア様、この焼き菓子には避妊薬が含まれていますね。それと……」

毒見としても有能なマリサが、厳しい顔をして言った。

「ええ、避妊効果のあるルタール草と……腹下しの薬も使っているみたい。このお菓子をすべて食べ終えると、死にはしなくても……腹痛や嘔吐《おうと》にのたうち回ってしまうはずよ」

セシリアが、味だけでどんな薬が盛られているのかがわかるのは、グローディアが毒殺される結末を回避するために、一緒になって、害になる薬の味と知識を覚えてきたからだ。

そうした訓練を重ねたせいか、ある程度のものなら耐性がついている。

(まさかそれが、王宮で役立つことになるなんて……)

避妊薬入りの食べ物や飲み物を運ばれたのは、今日はこれで三度目だ。

マリサが先に毒見をして、すぐに異変を感じたので大事には至っていない。

避妊だけではなく、別の効果を持つ薬を合わせてくるのは、どれも同じ。

目的は、避妊だけではないのだろう。

これは脅しでもあり、あわよくば、床に伏せたセシリアに代わり、健康な女性を王妃に挿《す》げ替《か》えようとしているのかもしれない。

「また宰相の差し金かしら」

「恐らくは。娘を王妃にしたがっていた宰相閣下が、おとなしくセシリア様を受容するはずがありませんし。他二件と同じく、宰相閣下に行き着かせないほど、たくさんの人の手を介して、あのメイドに依頼がいったのだと思われます。調べられるだけ調べてみますが」

王妃になったセシリアを一番疎ましく思っているのは、宰相だ。

聖王が王妃の部屋に通い詰めだとの報告を、王宮に潜ませた間諜から聞いて、早めに手を打とうとしているのだろう。世継ぎを得ることで、王の力が強まらないように。

「猛毒ではないだけ、ありがとうと言うべきなのかしら。それとももう避妊薬は飽きたから、別のものにしてとおねだりしてみるべき？」

「そんな必要はありません。セシリア様の敵は、私の敵！」

マリサの手に、いつのまにか仕込みナイフが握られ、マリサの目が剣呑《けんのん》に光る。

「マリサ、その物騒なものはしまって！　わたしは毒物にも少しは耐性あるし、マリサがその前に毒見をしてくれているし、大丈夫だから。このメイドには、またいつもの通りにね？」

「……かしこまりました」

マリサは残念そうな顔で、ナイフをスカートの下に戻した。

運搬係のメイドたちには、王妃に食べさせても元気だったと、きちんと雇い主に報告させている。

それはきっと宰相の耳に入ることだろう。

(聖女には薬が効かないから、姑息《こそく》な手段は無駄だと思わせたいところだけど、鉄の胃腸を持つ怪物王妃だと思われたりして……)

王宮は決して安全ではなく、陰謀が渦巻く不穏な場所だと覚悟はしてきた。

それに耐えうるようにグローディアを鍛えてきたが、実際に自分が王宮に入ると、いつどこから誰が狙っているのかわからず、不安になる。

マリサがそばにいてくれなければ、精神が病んでしまったかもしれない。

その中で育ったライオネル――。

朝、この部屋から出ていくライオネルは、薄氷の上を歩くような張り詰めた空気をまとう。

それまでがゆったりとして穏やかな空気だっただけに、その違いは顕著だった。

彼にとって王宮は、心許せる場所ではなく、戦場なのかもしれない。

(改革していくしかない……。ライの心が安まる場所にするために)

「マリサ。陛下が安心して政務に励み、休んでいただけるよう、間諜の使用人だらけの王宮内を、わたしたちでなんとかしたいわ。協力してもらえる？」

「……もちろんです、セシリア様」

「ありがとう。だったらまず、王宮内を自由に移動できる使用人たちのリストを作ってくれる？　王宮内に間諜を放っているのは、宰相以外にもいるはず。それを把握して、作戦をたてたいの」

セシリアは目を光らせた。

マリサはその場でリストを作り、すぐに作戦会議が始まった。

リストを見ながら、誰の後ろ楯《うしだて》がある使用人を使うのが、ライオネルのためになるのかをマリサと議論し合う。諜報活動もしていたマリサが持つ裏情報は、とても役立つものだった。

話が一段落した時、マリサが紅茶を淹《い》れてくれた。

「マリサは、昔の陛下のことを知っているのよね。どんな少年だったの？」

「直情型で野生児のような兄とは真逆の、物静かな方でしたね。いつも難しそうな本を読まれ、周りの顔色を窺って己の感情を押し殺し、仮面を被っているかのように同じ微笑みしか見せない。今にも消え入りそうなくらい線が細く、薄幸の印象が強い殿下でした」

「そんな陛下が、よくカルダール辺境伯に武術を教えてもらいに行ったわね」

「前王のご意志だったようです。このままだと王宮で生き抜けないと案じられ、次期国王としての躾をつけてくれと、父に頼まれたとか。父はちょうど王軍の軍師職を引退したばかりで、うちの屋敷でしばらく殿下をお預かりすることになりました。表向きは、殿下の療養ということで」

（お父様の愛……とはいえ、アルディアの猛者に頼むなんて随分と思い切られたものだわ。それほど王宮が過酷だったからなのか、辺境伯を信頼なさっていたということなのか……）

命を受けた辺境伯は、ライオネルを徹底的に鍛え上げたそうだ。

劣等感と悔しさが表に出てくるまで、情け容赦なく何度も叩きのめして。

それで心が折れてしまう可能性もあるが、一緒に稽古をつけられていたマリサとガイルの負けん気の強さに影響を受け、段々とライオネルも変化していったらしい。

「私と兄は幼い頃から、アルディアの盾となれと、父より不屈の精神を叩《たた》き込《こ》まれました。どれだけ血を流して傷だらけになろうが、負けを認めて戦いを諦めることは恥だと教えられて。意識がなくなっても父に水を浴びせられ、強制覚醒させられてなお、果敢に立ち向かうようになりました」

そんな姿を見て、ライオネルは勝つために考えるようになった。

頭脳戦が不得意とする兄妹に代わり、どんな攻撃が有効なのか作戦をたて、そして協力して辺境伯に尻餅をつかせた時、三人で大喜びしたという。

「陛下は父により自我を剥《む》き出《だ》しにされ、私たちに素を見せるようになりました。それでも陛下はまだ〝お利口〟でした。王として聖王として相応しい振る舞いを第一に考える」

それは決して悪いことではないだろう。

だがライオネルの素を知る兄妹は、二重生活は苦しいだけなのではないかと考えていたようだ。

「よく兄が言っていました。陛下の周りは打算的な女たちばかり。陛下がきまぐれにでも、彼女たちに手を出せば、国を揺るがす後継者争いになりかねない。責任の重さがよくわかっているから、余計に女遊びをしない。貴族令嬢のように婚前交渉を敬遠する」

マリサはふふと笑って続けた。

「しかしもし、お行儀のよすぎる陛下の鉄壁な自制心を砕き、ただひとりの男として、一心不乱に求める女性が現れたら。きっとそれは陛下にとって運命のつがい。陛下は必ず王妃にするだろうと」

「……っ」

「私、陛下が選ばれる王妃を楽しみにしていました。あの陛下の心を動かすのは、ドレスで着飾って終わるだけの女性ではないと思っていたんです。セシリア様でよかった」

「マリサ……」

「セシリア様だからこそ、陛下はなんとしてでも王妃にしたかったのでしょう。まさか父が陛下に刻んだ不屈の精神が、そこで役立つとは思っていませんでしたが」

マリサは屈託のない笑みを見せた。

辺境伯がライオネルを鍛えてくれたから、今日の場に自分がいるのだと思うと、とても複雑な心地になってくる。

「――と、どうやら噂の陛下が戻られたようです」

セシリアには足音が聞こえなかったのだが、マリサの告知通りドアが開いて、白い王衣姿のライオネルが現れた。

(マリサは本当にすごいわ。騎士団長も相当腕が立つらしいし。ライの力になれるように鍛え上げた辺境伯が一番、すごいのかもしれないけど)

マリサがライに紅茶を淹れて出て行くと、ライオネルはカウチソファにゆったりと座る。

彼が部屋にいるだけで、空気が神気に満ちていくようだ。

聖王としての神々しい美しさに加え、ここ数日で強まった、ライが持つ男の艶が凄まじい。

戻ってきたばかりの彼を見ているだけなのに、もう色香に当てられてのぼせた状態になっている。

「……そこで突っ立ってどうした？　……来い」

ライオネルはくつろいだ姿勢で、どこか挑発的な光をたたえた流し目を寄越し、艶然と微笑んだ。

そして立ち尽くすセシリアに、ゆっくりと片手を差し伸べて手招く。

ライオネルに吸い寄せられるように、セシリアがふらふらと動いて彼の手を取ると、ぐっと手を強く引かれ、彼の膝の上に横抱きにされてしまった。

「お前の定位置はここだと、教えただろう？」

「は、はい……」

目の前に、ライオネルのアメジストの耳飾りが見えた。

――お前とずっと一緒にいたいから。

彼はそう言って、執務中もずっと耳飾りをつけている。

そんな愛の証を目にすると、まるで自分が彼の一部になったようで、胸の奥がきゅんと甘く疼く。

また彼に、恋をしてしまったかのように、心が熱い。

「お前に早く触れたくて、仕事が捗る。そのうち王の仕事がなくなってしまいそうだ。そうしたら、朝から晩までお前を抱くのを公務にしようか」

「晩から朝までで、もう十分です！」

いつもの調子を取り戻すと、ライオネルはにやりと笑った。

「あれだけで？　俺はまだまだ足りないのに。お前だって昨夜、あんなにねだっただろう？」

「さ、さあ……？」

うっすらと記憶はあるが、恥ずかしいので忘れたふりをする。

だが、見逃してくれるライオネルではなかった。

「記憶にない？　何度も何度もお前の奥を突いて……中に注いだじゃないか」

耳元に熱っぽく囁くと、大きな手のひらでセシリアの腹を撫でた。

「気持ちいいと……うっとりとして俺の子種を甘受していたのに、忘れてしまったのか？」

彼の声に呼応して腹の奥が疼いてしまい、熱い吐息が漏れてしまった。

「ふふ、覚えているようだな。そんなに蕩けた顔をして……」

ライオネルは艶笑すると、セシリアの唇を奪う。

「ん、ふ……」

何度も味わったのに、しっとりとしたこの柔らかな唇に口づけられ、ねっとりとした舌が絡みついてくると、身体の芯まで蕩けてしまいそうになる。

くねらせた舌先を絡ませ、互いの舌を吸い合い、濃厚なキスに溺れていく。

唇が離れても、視線が合うとまた求め合い、淫らな水音と互いの喘ぎ声が響いた。

やがてセシリアの息がもたなくなり、くったりしたところでキスは終わった。

セシリアが呼吸を整えている間、愛おしげな眼差しを向け、頭を優しく撫でてくれる。

そこに愛と幸せを感じて、またきゅんとしてしまった。

しばらくまったりとした時間をふたりで楽しんでいたが、不意にライオネルが告げた。

「……お前に話したいことがある。本来なら王として、初夜を迎える前に言うべきだったが……」

(改まってどうしたのだろう。そういえばライは初夜で……)

——まだまだお前に言うべきことはたくさんある。だが……もう待てない。

王として王妃に告げられることだ。きちんと聞かなければならない。

姿勢を正したセシリアに告げられた言葉は、予想外のものだった。

「実は父上の代より、王は女神の力を失ってしまっている。……俺もまた」

「失って……って、え?」

驚きのあまり、言葉が出てこない。

「俺は父上のように、力のすべてを失ったわけではない。女神の力を感知したり、自分を光らせたりするくらいはできる。毒や薬の耐性が人より強いのも、そのおかげだろう」

ライオネルは、女神の力を取り戻すために、異国の怪しい秘薬をたくさん飲んできたことを語った。

中にはひどい副作用のものがあって、熱や嘔吐を繰り返したこともあったらしい。

「だがすぐに回復する。今も無事に生きていられるのは女神の力のおかげだろう」

「そういえば、ライの黒髪と黒い瞳は、薬の副作用って言っていたわよね」

「そうだ。女神の力がなければ、色が変わる程度で終わらなかったかもしれない。結果的には、好きな時に聖王とライの色に変えられるようになったし、女神の力に助けられてきた部分もあるが、王として国に守護結界を張ったり、女神の神託を受けたりはできない。王としての力がないんだ」

(王に女神の力がないというシナリオは、ゲームにはなかった。舞踏会でグローディアが選ばれなかったことといい、この世界はやはり少し、わたしが知っているものとは違うのかもしれない。それとも……そういう事実が隠されていたルートだったのか)

混乱の中でも冷静になれるのは、前世を思い出して知識として処理してきた経験があるからだ。

(こんなところで、それも役立つなんてね)

「それ、いつから？　前王様の時代から、民の前で王がする女神の神託は、滞りなくずっと行われてきたわよね」

「俺が六歳の時だな、母上が亡くなってからだ。それ以降、民の前でしてきた神託は、女神アルディアのものではなく、宰相が、神託がなされたように立ち回ったんだ」

女神の力が絶対的なこの国で、王が女神の力を無くしたと民に知られれば、国家が揺れる。

今まで培ってきた歴史が、民の混乱と暴動で幕を閉じぬようにと、宰相は動いたようだ。

「民に知られてはいけない王の秘密——宰相はそれを知っているから権力を握り、自分の意のままに王を操り、私腹を肥やしてきた」

ライオネルは語った。

宰相は、王に女神の力が無くても平気な国になるようにと、アルディア信仰で成り立つ民の生活を変えようとして神官制度を廃止し、異国文化の取り入れを強く推奨した。

その結果、異国の宗教も流れ込んで国教を凌《しの》ぐ勢いを持ち始めた。

異教の中には、貴族層に浸透したダール教――邪神ダールに少年少女を捧げて淫靡な儀式を行うことで、願いを叶えてもらうという邪教もあり、当時王太子だったライオネルは危機感を募らせたが、病に伏せった父王は宰相の言うがまま、息子の言葉には耳を貸さなかったらしい。

そのためライオネルは王座に就くと、〝我々は信仰する神を選ぶ権利がある〟と主張する宰相の反対を押し切って、全面的に異教を禁止させ、特にダール教を禁忌としたという。

「宗教以外にも、様々な改革を強行したが、前王代理として国政のほとんどを仕切ってきた宰相と完全対立すると、国が回らなくなる。しかも宰相は王の秘密を握っている。だからあからさまに宰相と対立せず、国政で妥協できるところは協調姿勢をとっている」

ライオネルは厳しい面持ちをして続ける。

「宰相には助けられてきた部分もあるが、彼はあまりにも悪に染まりすぎた。俺は父上のように、見て見ぬふりはできない。宰相がいなくても国が回るように密かに地盤を強化し、宰相の不正の証拠集めに力を注いできた。いつか弾劾できるようにと」

聖王の仮面は真意を隠す。貴族の多くはライオネルの思惑を読み取れない。

前王の時と同様に、宰相の力の方が勝っていると思い、宰相側について利を貪る者が多く、腐敗は広がる一方のようだ。

宰相は大きな力を持っているが、王にはなれない。王の臣下にしかすぎないのが、アルディア国にとっては救いだと、ライオネルは語った。

「女神の力がなくなったのはどうしてなの？　ライに少しでも女神の力が残っているなら、この国から女神の加護が消え去ったわけではないのでしょう？」

「加護はある。だがなにか、邪《よこしま》な力で阻まれている気がする。その力のせいで、アルディアの鐘も鳴らなくなったのではと。その原因を探り続けているが、これといった結論はまだ出ていない。お前も以前、アルディアの鐘についてはこう言っていたな」

――アルディアの鐘は、ゲームタイトルでもあるのに、鳴らないものだとして物語は進み、エンディングを迎えた時に、鳴り響いていただけのものなの。なぜ鳴らないのか、どうすれば鳴るのかは、わたしにもわからない。

「ええ。妨害している力があるというのも初耳だけど、それがなんとかできれば、ライの力も戻り、鐘も鳴るのかしら……」

その時、セシリアに閃《ひらめ》いたものがあった。

「ねぇ、もしかしてアルディアの聖女とつながえば、失った女神の力を取り戻せるの？　だからわたしを王妃にしたかったとか？　でもわたし、舞踏会で光ったきり、なにも変化がないわ」

　するとライは声をたてて笑った。

「王妃にした理由はそんなことじゃない。そもそもアルディアの聖女は、存在しないのだから」

「存在しない？　でも舞踏会であなたが言ったのよ。わたしが初めて聞くものだったけど」

「お前が知るわけはないさ。それは俺が作ったものだから。古き伝承にあるのは、お前が知る〝つがいの印〟のみ。お前の知識は正しい」

　驚きのあまり、セシリアはライオネルの膝の上からずり落ちそうになってしまった。

　ライオネルは片手を伸ばして、セシリアの腰を支えて引き寄せる。

「ど、どうして作り話など……」

「俺に縁談を持ち込む野心家が多くてな。特に宰相はアルディアの伝承や女神の祝福を強調して、面倒な養女を押しつけてくる。俺はお前以外を王妃にするつもりはないから、お前から聞いていた舞踏会を開催することにした。皆の前でお前を選べば、宰相も諦めるだろうと。……しかし甘かった」

　ライオネルは大きなため息をついてから、話を続けた。

「宰相はすでに手を回し、舞踏会で俺が宰相の娘を選ばざるをえない状況に追い込もうとしていた。いい加減頭にきて、宰相が他国へ外遊中に、宰相抜きに舞踏会を開き、お前を王妃にしてしまうことにしたんだ。逆に宰相がどうしてもお前を認めざるをえない状況に追い込むため、宰相が俺を懐柔しようとした手札を利用し、先手を打った」

大勢の前で、セシリアが女神に祝福された、特別な令嬢だと知らしめること。

そしてその特別な令嬢は、必ず王と結婚しなければいけない運命にあるということを、伝承を持ち出して、もっともらしく宣言すること。

それは女神に一番近いとされる聖王だから、言葉に信憑性《しんぴょうせい》が出る。

古き伝承など、いつ書かれたどんなものか誰もわからなくても、王だけが知る女神の秘伝書と思えば、それが女神の意志にもなり、真実となる。

「娘が王妃に相応しいとする根拠を、女神と伝承に頼った宰相は、それらの根拠によって、娘にはない奇跡を大勢の前で披露した〝アルディアの聖女〟を認めざるをえない」

ライオネルは皮肉げな笑いを浮かべる。

「宰相は、俺も女神の力をすべて失っていると思っている。だから、聖王に共鳴して光るなんてありえない、首につがいの印なんてものが出るはずがない……そう主張して却下するのなら、娘を王妃に推す根拠もなくなる」

「でも作り話なら、なぜわたしは光ったの？　あなたがつけた首の痕から」

セシリアは質問してから、はたとあることを思いつき、続けて口を開いた。

「ねぇ、まさかと思うけど、あの光……」

ライオネルはにやりと笑う。

「そのまさかだ。俺は他者を光らせることはできない。温室でお前の首につけた痕……あれに俺の力を微量だが注いでいた。そして舞踏会でそれを強め、俺と繋がる光にした」

「な、な……⁉」

「大勢の中で、俺とお前だけが光った。女神の力が関係していると誰もが考えるだろう。目撃者たちが、俺の作り話を本物にする。アルディアの聖女――セシリアという侯爵令嬢は、人智《じんち》を越えた女神に認められた、聖王の妃となる運命の令嬢なのだ、と」

「……っ」

「舞踏会での出来事は、尾ひれをつけて宰相の耳に入っただろう。お前を廃そうとしても、もう遅い。俺には女神の力がないと侮る限り、俺とお前が光り輝いた理由を解明できない。そして女神の名により、お前は不可侵の王妃となった」

ライオネルはセシリアの手を取ると、その甲に口づけた。

「つまり、女神様の間違いではなく、舞踏会が始まった時はすでにライの手の中だったということね」

「そうだな」

するとセシリアはため息をついた。

それは呆れ返ったからではない。

あの舞踏会の裏で、ライオネルの苦心があったこと、それを知らず自分までもが見事に騙されて、こうして王妃の座についていることを思うと、彼はすごいと感嘆の吐息が漏れたのだ。

「ライが裏で苦労をしてくれたから、わたしはあなたの隣にいられたのね。逆にそこまでしてくれなかったら、わたしはあなたと結ばれなかった。よくて、日陰の愛妾《あいしょう》止まり」

しかし彼は、どんなに困難であっても諦めず、正妻の地位を与えてくれた。

民から祝福される王妃にしてくれた。

「ありがとう。最高の愛をくれて。あなたがくれた愛の言葉と、愛の形……わたし生涯忘れない」

忘れるものか。そこまで、愛してくれたことを。

歓喜と愛情が一気に込み上げてきて、視界が涙で滲む。

「わたし……幸せ者だわ。こんなに幸せでいいのかしら」

ライオネルはたまらずセシリアを抱きしめ、彼女の頭上に頬を擦りつけた。

「お前がそう言ってくれるなら、俺がしてきたことすべてが報われる。俺の方が幸せだ」

「いいえ、わたしの方が……」

「俺の方だ」

「わたしの方！」

そしてふたりは顔を見合わせると、同時にぷっと吹き出し、唇を重ねた。

「なあ、セシル。アルディアの聖女という存在は、実在するのかもしれない」

「え？　でも作り話だと……」

「そのはずだった。だがお前を王妃にして、契るようになってから、俺に……わずかだが力が戻っている気がするんだ。阻まれている邪《よこしま》な力は、弱まっていないのに」

ライオネルは物憂げな顔で続けた。

「思い返してみれば、アルディアの聖女というのは俺が作った話でありながら、その粗筋はすっと頭に思い浮かんだものだった。俺の血に受け継がれた先代の王たちの記憶が、女神アルディアより賜った特別な存在を教えてくれていたのだとしたら……」

「……っ」

「お前と契ることで、今まで変化がなかった女神の力が増えていることは事実。作り話で終わらせず、真実のものにしたのはお前だぞ、セシル。俺はすごい女を愛したものだ」

そして彼は琥珀色の瞳を細め、真摯な面持ちで言った。

「それとこれだけは言っておく。俺は……お前がつがいだから愛したのではない。愛したのが、つがいだっただけのこと。俺が抱くこの愛は、誰かによって生み出されたものではなく、俺の意志で育ててきたものだ。そこにはゲームも女神も関係がない。それだけは……誤解しないでくれ」

真剣にこう告げられて、ときめかない女性などいないだろう。

セシリアは照れたように頷いてから、ライオネルの肩に頭を凭《もた》れさせて笑った。

「女神に祝福された王のつがいで、アルディアの聖女。……そうだったらいいな。ライを助けることができるもの。わたし……お飾りの王妃になりたくないの。あなたを支えられる……一緒に歩いていける王妃になりたい」

王妃にしてよかったと、思ってもらいたい――。

それを伝えると、琥珀色の瞳が切なげに揺れた。

「そんな……可愛いことを言うな。これ以上お前に溺れて、政務を放棄するようになったら、女神が愛想を尽かして、俺からすべての力を奪い取ってしまうじゃないか」

ライオネルはセシリアを強く抱きしめると、聖痕の如き消えぬ痣に唇を落とす。

ぞくりとしたものが広がり、セシリアはふるりと震えた。

ライオネルは身体を離すと、真顔でセシリアを見つめて告げた。

「セシル……。俺は宰相の力を排除し、女神の力を取り戻し……王の権威を取り戻したい」

セシリアもまた、真剣な顔でライオネルの言葉に聞き入った。

「俺の意見を阻む宰相の国策で、異国に依存した民ができあがってしまった。それでなくても民は女神アルディアに頼りすぎて、自らの意思で考えることに消極的だ。それを利用して、宰相はいいように私腹を肥やしている。そのことに民自身が気づかない限り、国に明るい未来はない」

同感だと、こくりとセシリアは頷いた。

「宗教や異国文化はあっていいと思う。古より続くアルディア信仰は民の心の支えとなり、異国文化は発展を促すからだ。だが依存しすぎると、民から考える力を奪い、成長を阻んでしまう。俺は民が自立する国作りを目指したいんだ。そして俺は、民の意思で王に選ばれたい」

王都のパン屋でセシリアと語り合っていた理想。

〝なにか〟頼りになりすぎない国を、ふたりで夢見て語り合った。

「あの宰相は……娘を王妃に据えられないまま、諦めて引っ込むような男ではない。近いうち、お前が本当に王妃の器があるのか試そうと、皆の前でお前を吊《つる》し上《あ》げようとするだろう」

セシリアは不安な顔をするどころか、好戦的に笑ってみせた。

「だったら受けて立たないとね。宰相を排除したいというライの望みは、わたしの望み。宰相と戦い、ライの力を完全回復して、ライこそがアルディアの王だということを思い知らせてやりましょう」

自分がライオネルの弱点にならないために、強い王妃になりたい。

どんな妨害があろうとも、負けるものか。

「本当にお前は――愛おしい」

歓喜に震えた声で、ライオネルは笑った。

◇・◇・◇

それから間もなくして、王宮で宴が行われることになった。

王政の中枢を担う重臣たちが集う食事会で、セシリアのお披露目《ひろめ》会である。

ライオネルが予想していた通り、宰相の強い希望があって実現したもので、半数以上は宰相の息がかかった貴族たちのようだ。

ライオネルから贈られた、髪色を引き立てるようなピンク色のドレスは、清楚な可愛らしさを強めながら、聖王を彷彿させるプラチナブロンド色の刺繍が施されている。

セシリアは聖王の庇護《ひご》を強調する戦闘服で、宴に臨んだのだった。

テーブルに皿が用意されている広間には、セシリアの父、アンフォルゼン侯も正装して席についていた。父が出席するとは聞いていなかったセシリアは、思わずライオネルを見る。

にやりと笑って見せたということは、セシリアのために動いてくれたのだろう。

父に感謝と別れの言葉を告げる前に、王妃になってしまったのだから、再会の機会をもうけてくれたことは素直に嬉しい。

だが、アンフォルゼン侯がセシリアに向ける顔は、父親としてのものではなく、臣下のものだ。

またひとつ、大切なものを失ったような虚無感が胸に大きく占めていたが、宴の場に父がいるということが嬉しくもあり、父に対して申し訳なくもなる。

父はセシリアの予言により、グローディアが王妃になると確信していたはずだ。

今ここに王妃としているのがセシリアであることを、どう思っただろう。

保守派の侯爵として、この国の未来を憂えているだろうか。

たとえライオネルに頼まれたからとしても、父が側近のひとりとして宴への参加を決めたのは、外戚として返り咲こうとしているからではない。

父にとって、上席に座っているグビデ宰相公爵は、父を王都郊外に追いやった目の敵。

ゆえに今まで宰相と同席することを拒んできた。

その父がここにいるということは、ひとえにセシリアのためだろう。

だから末席に座らされても、あんなしかめっ面で我慢しているのだ。

（お父様。ごめんなさい。そして……ありがとう）

前世の記憶を取り戻してからは、領主と補佐役として、色々と語り合った。

モブで終わる人生より、よほど子供として認めてもらえたのではないかと思っている。

王妃になったセシリアは、聖王に次ぐ権力者だ。身分上では宰相より上となる。

諸侯たちのセシリアに対する反応は、両極端だった。

宰相に倣って自分の力を誇示し、セシリアを威嚇して中枢から遠ざけようとしている者。

セシリアに世辞を並べ立てて、あわよくばセシリアに取り入ろうとしている者。

そこまで露骨な反応は示さない貴族でも、宰相の顔色を窺っているのはわかる。

女神の力を持たぬ、王族でもないただの貴族を、なぜここまで恐れるのか。

聖王と王妃を祝う宴ではなく、宰相を称える宴となっていき、セシリアは欠伸《あくび》をかみ殺しながら、
黙々と肉料理を食べた。いつもは美味しく感じるのに、今は味気ない。

父もただ食事をするのみで、話に参加しない。

元来、おべっかなどができない、堅物な父なのだ。だからこそ宰相に嫌われたのだろうが。

宰相は自分に敬意を払わない冷めた親子に気分を害したようで、それを察した取り巻きのひとりが、
小馬鹿にした笑いを顔に浮かべてセシリアに言った。

「まさか陛下のお妃が、アンフォルゼン家から選出されるとは思ってもいませんでしたな。セシリア様もお大変でしょう。ろくな王妃教育もされていない、片田舎育ち。王都や国の情勢などご存じないでしょうし、我々がどこの誰だか、そして陛下と国への貢献度が高いのは誰か、顔と名前を覚えるところから始めないといけないのだから」

無知な田舎娘だから、宰相に対して不敬なのだということにしたいようだ。

(宰相殿の機嫌をとるためとはいえ、愚かな方……)

父もまたセシリアと同じことを考えたらしく、静かに笑った時、食事中だったライオネルが、カシャンとわざと大きな音をたててナイフを皿に戻す。

そしてテーブルに両肘をつくと、指を組み合わせた。

彼が一国の主として上品とはいえないマナーを見せたのは、そこに彼の怒りが潜んでいるからだ。

しかしライオネルはそれを顔には出さず、ぞくりとするほど麗しい笑みをたたえて尋ねた。

「ブルンドン伯。それはセシリアだけではなく、彼女を育てたアンフォルゼン侯、そして彼女を妃に選んだ私と、聖女に選んだ女神アルディアに対する侮辱と捉えていいですか?」

「め、滅相もありません! そんなつもりでは……」

ようやく失言に気づいたらしく、その顔は真っ青だった。

場の空気が冷えたものになった中、宰相の笑い声が響いた。

「いやいやしかし、ブルンドン伯の言葉には一理ありますぞ。最低限、重要な国内事情に明るい王妃でいていただかなくては。王妃教育がなされていない妃は、それだけで陛下の偉大さを損なうものになります。対外的にも」

（なるほど。自分の娘は王妃教育をしてきたから、王妃に相応しいのだと、嫌味《いやみ》を言っているのね）

最近彼は、薬入りの菓子を差し入れることは諦めたようだ。

効果がないものを送り続けても、逆に自分の首を絞めることになりかねない。

今度はこうして、大勢の前で吊し上げることにしたらしい。

「陛下。発言しても、よろしいでしょうか」

「どうぞ」

セシリアは笑みをたたえて言った。

「宰相殿。仰《おっしゃ》っている重要な国内事情とは、ブルンドン伯がご指摘なされた、『我々がどこの誰だか、そして陛下と国への貢献度が高いのは誰か、顔と名前を覚える』程度でよろしいですか？　それとも皆様の領地がどれほどの規模で、どのようにしてどれほどの裏金を蓄えてきたのかも告げた方が？」

「は？」

宰相は驚きの声を上げ、側近たちは顔色を変えた。

セシリアは、恰幅《かっぷく》のいいある貴族に顔を向け、にっこりと笑って言う。

「シュテイン侯爵、昨年は日照りで大変でしたね。小麦の取れ高がいつもの三分の一になるとは。しかしご領地の民が、彼らの生活の分も無償で差し出したおかげで、宰相殿への上納は事なきを得たとか。よかったですね、ご領主のためなら苦しんでもいいと思ってくれる民に恵まれて」

侯爵は驚いた顔をしたまま、固まった。

「ノブール伯爵は塩の密売で大層儲《もう》けられたとか。密売は宰相殿の専売特許ですが、儲ける方法をご伝授されたのですか？　今度、わたしにも教えてくださいな。密売を禁止する法の抜け道を」

「み、密売など……！」

伯爵は青ざめた顔をして、ぶんぶんと頭を横に振る。

「まあこれくらいは、宰相殿もご存じの情報ですわよね」

宰相の顔は屈辱で真っ赤だ。知らないことがあったのだろう。

「そんなことより、明るいお話の方がよろしいですわね。ドリンガン公爵、隣国に嫁がれた二番目のご息女マリシエール様に、三人目となるご子息がご誕生したのですってね。おめでとうございます」

「へ？　ど、どうしてそれを……」

驚く公爵に笑みだけ向けて、セシリアは思う。

（そんな程度のことは、茶会や夜会を通して情報を集められるし、グローディアに覚えさせるために裏情報はわたしも暗記したもの。最新の情報は、マリサから色々聞いたし）

グローディアのためにしてきたものは、無駄ではなかったと思いたい。

「それともたとえば、慈愛深い宰相殿のご趣味のことでも？　アトラス地方、未成人の少年少女……といえばおわかりでしょうか」

途端に宰相は怒鳴る。

「無礼な。窃盗団と私は関係がない！」

「ええ、関係があるとは言っておりませんわ。騎士団が発見した、身寄りがない少女たちを数人、宰相殿が善意でお引き取りになったとお聞きしまして。そういえば、奥様もお若いのでしたよね？」

すると宰相は、苦虫を噛《か》み潰《つぶ》したような顔で曖昧に答えた。

（カマかけてみたけれど、正解らしいわ。宰相は前世で言うところのロリコンなんだわ）

マリサとの世間話で、宰相の妻がまだ幼いらしいことを聞いた時、アレクから聞いたことを思い出したのだ。彼が捕まえた窃盗団は黒幕を白状しないで自害し、その後なぜか出てきた宰相によって、うやむやのままで事件の調査を打ち切られたと、悔しがっていたことを。

（自分の趣味だけで多くの子供たちを掠わせるとも思えないし、人身売買とかにも手を出しているのかも。これは確証がないから言わないけど）

微妙に静まり返った場に、緊張で真っ青になったメイドたちがやってきた。

宰相の怒号を聞きつけて、予定より早く、デザートが盛られた皿を持ってきたようだ。

奥には、毒見役として裏方で控えていたマリサが見える。

皿が運ばれてくると、まだ動揺しているのか、宰相の上擦った声が響き渡った。

「さあ、こちらのデザートは、私の娘がアルディア銘菓として考案し、私が材料を取り寄せて職人に作らせた王都の銘菓。王妃様もどうぞご賞味ください。王都の流行菓子など、縁の無い生活が長かったでしょうから。味から、王都をお学びください」

どうしてもセシリアを、認めたくないらしい。

それならそれでいい。セシリアは面倒臭くなって置かれた皿を見た。

そして絶句する。

(宰相はなんと言っていた？　『私の娘がアルディア銘菓として考案し、私が材料を取り寄せて職人に作らせた王都の銘菓』？)

皿にあったのは、ダンドクロワッサンだったのだ。

ひとくち食べてみる。

(完全に、ダンドクロワッサンだわ。もしかして……パン屋の老主人から、これを取り上げて、販売独占をしているんじゃ……)

温室でライオネルと会った日、早く王都に着いたセシリアは、パン屋に立ち寄ったのだ。

すると、鍵をかけて店は閉じられていた。

珍しいこともあるものだと、その時はあまり気にしていなかったが。

再びライオネルの許しを得て、セシリアは、宰相ににっこりと笑ってみせた。

「とても美味しいですわ。こちら、宰相殿とお嬢様が考えられたものですか」

「そうですとも。是非、皆様に食べていただきたく、用意しました」

ライオネルからも周りからも、美味しいという声が上がり、宰相は鼻高々である。

「不思議ですわね。わたし……これと同じものを、一ヶ月前に王都で食べたことがあるんです。パン屋の老主人が、アルディアの民も異国の民も、同じ味覚で食べられるものはないかと悩んでらっしゃったので、甘いものを練り込んだらどうかと、わたしが提案しまして」

「な……そ、それは模造品です。そんな不届き者は、取り締まるべきで……」

セシリアが提案したのだと言っているのに、慌てふためく宰相はその点に気づいていないようだ。

セシリアも特に言及せず、言葉を続けた。

「それと……考案し、材料まで用意されているのなら、おわかりだと思いますのでお尋ねします。ダンドとはなんですか？」

「ダンド……とは、確か……ああそうだ、ダンドの実のことで」

「それはどこに生息しているのか、もちろんご存じですよね？」

「も、もちろん。西……いや、南の……」

「ダンドの実は北方に生息していますの。厳しい冬にも耐えられるくらい堅い実で、食べるのに適していないからと、領民に昔から捨てられていました」

セシリアは笑った。心で毒づきながらも。

「ダンドの実は、一ヶ月前からアンフォルゼン領の特産品として、パン屋の主人にだけ卸しておりましてね。販路拡大については、これから商人組合の方々と相談し、国業として普及できないかを考えていたところですの」

セシリアは、身体を固まらせた宰相の前で、さくさくと音をたてて、クロワッサンを食べてみせた。静まり返った中で、音をたてているのはセシリアだけだ。

そして食べ終えると、ナプキンで口元を拭いて微笑んだ。

「ダンドの実は、今後はパン屋の老主人を通じ、アンフォルゼン家から仕入れてくださいませ。それ以外の販路は認めておりませんので。もしもこの方法をとらずにダンドの実を仕入れた場合や、無断で使用した場合、取り締まりの対象になってしまいますからご注意を。もちろん、ご聡明《そうめい》な宰相殿は、それくらいご存じのこととは思いますが？」

宰相は忌々しげな顔をしたまま、黙り込んでいる。

そしてセシリアはライオネルに頭を下げて恭しく言った。

「陛下。今日のところは、宰相殿がわざわざアンフォルゼン領の特産品を使って、お祝いしてくれたということで、法に引っかかる部分はお見逃しくださいませ」

するとライオネルは愉快そうに笑って頷いた。

「妃の願い通りに。商人の法までをよく知る宰相が、祝いの席で騎士団に連行されたくはないでしょう。……宰相、寛大なる妃に感謝を」

宰相は屈辱に満ちた顔で、セシリアに感謝の言葉を述べたのだった。

声を押し殺して笑う、アンフォルゼン侯の前で。

第五章　ハネムーンは甘やかに、陰謀はしたたかに

宰相に鮮烈な挨拶をしてから、一ヶ月――。

セシリアはライオネルと、アルディアの西にあるウィズベリー地方を訪れていた。

「徐々に女神の力は回復しているが、回復速度と回復量が遅い。二ヶ月後に行われる女神の神託の儀に、完全復活は難しいな」

ことの発端は、ライオネルのそんな嘆きの言葉だった。

この一ヶ月、ライオネルは、宰相の力を排除するために本格的に動き出した。

女神の力に頼ることなく、ライオネルが兼ね備えた王としての資質と信念で、宰相を必要としない国政に乗り出したのである。

まずは宰相の資金源の遮断だ。

宰相は、セシリアが宴で指摘した違法な密売のほか、人気商品の独占販売権を不当に得て、暴利を貪っていた。ライオネルは、商人の独占排他権を守るため、商人連合に、貴族が商人から不当に権利を奪えなくする裁判権と、適正価格に統制できる権限を与えた。

特にダンドクロワッサンは、国内外問わず人気を博しただけに、宰相はすぐ目をつけた。

宰相はパン屋の老主人に言いがかりをつけて、多額な借金を背負わせ、相殺する代償にダンドクロワッサンのレシピを奪い取り、作ったダンドクロワッサンをかなり高額で販売していたようだ。

ライオネルはライの姿で、気落ちするパン屋の老主人を連合に連れていき、連合会員としての手続きと、商標登録をさせた。

これによりダンドクロワッサンは、商人連合公認でパン屋の老主人だけが販売権を持つことになり、貴族に対抗できる商人連合が老主人の後ろ楯になった。

宰相がダンドクロワッサンを販売するには、連合を通した上で統一価格にて販売し、連合が定めた割合の売上利益を老主人へ支払い、さらに商品は老主人のものだと明記しなければならない。

違反すれば高額な罰金や刑罰が科せられるほか、ダンドの実についても、セシリアが実家に厳しい対応をするよう申しつけたため、宰相はダンドクロワッサンから手を引かざるをえなくなった。

そして宰相の側近、数人の追放である。

彼らは宰相に金品を収める代わりに、甘い汁を吸っていた。ライオネルは、彼らが言い逃れできない不正の証拠をすでに掴んでおり、それを理由に財産を没収して荒れ地へ飛ばしたのだ。

利を生み出す領地も領民もいなければ、利を生み出せる知恵もない。

金を出すことで宰相に守られてきた彼らは、転んだらどうやって自力で起き上がれるのか、わからなくなるところまで腑抜《ふぬ》けになっていたのだ。

宰相に助けを求めても、利用価値がない咎人《とがにん》は、宰相に無惨に切り捨てられただけだった。

そんなことを、突然ライオネルはやり出したのだ。なんの前触れもなく。

今まで好きなことをしていられたのは、宰相の力がライオネルより大きかったからではない。ライオネルにわざと見逃され、膿《うみ》が出尽くすのを待たれていただけだと知り、震え上がった。

さらに情報通の王妃までいる。次に排除のターゲットにされるのは、自分の番だと貴族たちはライオネルを恐れ、派手なことは慎み、宰相とも距離を置いて接するようになった。

その結果、不正犯罪がぐんと減ったという。

――宰相は厄介だ。絶対証拠を残さず、必ず身代わりをたてている。

だからライオネルは、宰相の首を獲《と》るのではなく、その手足を少しずつもぎ取ることにした。じわじわと追い詰めれば、ぼろを出すだろうと。

ただ、神託の儀を控えているのが悩ましい。

神託が行えない王に代わり、宰相がうまく立ち回ることで、問題なくいつも儀式を終えていた。

女神の力を民に知らしめる儀式を取りやめにするには、民を納得させられるだけの大きな理由が必要だし、儀式を遂行するにしても、ライオネルに神託を得るまでの力が戻らないのであれば、いくら今、宰相の力をそぎ落としても、宰相の出方次第で無意味になる。

それゆえ、ライオネルはセシリアに嘆いたのだ。

それに対してセシリアは少し考え、こう提案した。

「アルディア国には、アルディア様の縁《ゆかり》の地があったわよね。女神の力を持たない民たちは、そういう場所を訪れることで不治の病を治した者もいたとか……」

前世の知識でいう、〝パワースポット〟だ。

「そういうところに行けば、回復が早くなったりしないかしら」

「そういえば、今は亡き大神官が昔、俺に告げたことがある。もし女神の力に揺らぎを覚えたら、ウィズベリーの神官領にある〝アルディアの泉〟に行けと。そこは濃い神気に満ちているからと」

「大神官様？」

「ああ。女神の力の行使方法について、歴代の王は小さい頃、大神官に指導を受けていたんだ」

セシリアが三日三晩暮らした聖堂には、かつて大神官と、それに仕える神官と神女がいた。

大神官には女神の力はないが、星の動きで世の理《ことわり》を知る……星見と呼ばれる占術に長《た》けていた。それにより国の未来を事前に知り、王の暴走を食い止める役目があったようだ。

「俺に指導した最後の大神官は、優れた星見の力があった。彼は父上に、異教を認可する宰相をそばにおくとアルディアに危機が訪れるから、宰相を遠ざけろと進言した。それを知った宰相が激怒し、父上を動かして神官制度を撤廃し、聖堂から大神官たちをすべて追い出した。大神官はありもしない罪を着せられ、『アルディアの鐘は鳴らなくなるだろう』と予言し、絶命したんだ」

それは、セシリアが初めて聞く、アルディア国の裏情報だった。

「大神官が星見で視《み》たアルディアの危機が、宰相によってもたらされるものなら、いまだ宰相を廃せない今も、その危機は残っている。より一層、鎮護に必要な女神の力を完全回復させたいものだ」

アルディアの危機……その胡乱《うろん》な言葉にセシリアには不安になる。

自分が聖王に選ばれたこの世界が、どう進むのかわからないからこそ。

(シナリオがわかっていれば、今から打てる手もあるかもしれないのに)

先を読めないのが、もどかしい。

「ただ、アルディア国を愛する大神官が、手立てを講じずにいた……というのも引っかかる。彼の性格を思えば、解決の種は播《ま》いているはずだ。アルディアの鐘が鳴らなくなることも知っていた彼のこと、もしかして今の事態を予期して、アルディアの泉のことを先に告げていたのかもしれない。……お前に指摘されるまで、そのことを忘れていたとは」

ライオネルはセシリアを抱きしめ、その耳に囁いた。

「……行ってみるか、アルディアの泉に。ハネムーンとして」

「ハ、ハネムーン⁉」

「ああ。宰相の動きを見ながらのお忍びになるが」

ライオネルと旅行できるのは素直に嬉しい。

「ウィズベリーは神官領として、貴族や民の立ち入り禁止の中立区域だったが、神官制の撤廃によって、近くに住まうマリサとガイルの父、カルダール辺境伯の管轄下になった。彼が管轄しているのなら治安も問題ない。景観も素晴らしいから、お前もきっと気に入るだろう」

そうしてセシリアは、ライオネルと一ヶ月遅れのハネムーン旅行をすることになったのだ。

万が一に備え、アレクが騎士団数人を引き連れ、別方向に向かう煌びやかな空馬車を警備した。

それから少ししてから、セシリアとライオネルは目立たない外見の馬車に乗る。

外側は質素でも、中は十分にくつろげるようになっている。

魔石のおかげで室内も快適温度だし、照明も問題ない。

マリサとガイルはマントを羽織ってそれぞれ馬に乗り、馬車の警護についた。

ライオネル曰《いわ》く、このふたりがいれば、賊が集団で襲ってきても撃退できるらしい。

（そんな兄妹はともに、ライの方が強いと言っているんだけれど……。女神の力が完全回復したら、無双なんじゃ……）

ちらりと見るライオネルは、お忍びということで髪色も瞳も黒い。

王都で出逢ったライの姿は懐かしいのだが、聖王としての神々しい外見に慣れてきた今では、野性的な男の香が妙に新鮮で、胸の高鳴りが止まらなかった。

王宮で何度も抱かれているのに、温室での切ない秘めごとを思い出すと、あの時の恋する気持ちが蘇り、ライオネルへの愛がさらに膨れあがってしまう。

恋は叶ったはずなのに、彼への愛は止めどなく溢れてくるのはなぜだろう。

「どうした？」

優しい微笑みに不意打ちを食らい、頬を熱くさせたセシリアは、なんでもないと誤魔化《ごまか》した。

長旅のため、椅子に座り続けているとセシリアの尻が痛くなってくる。

さすがに魔石でも、硬質のものを軟化することはできないため、もぞもぞと尻を動かして膝掛けを下に敷こうとしていると、ライオネルはそれに気づき、自分の膝の上に彼女を置いた。

「こちらの方がいいだろう？」

「で、でもライが疲れてしまうわ」

「お前に触れていられるのに、疲れを感じるはずがない。むしろ少しずつ回復している女神の力のおかげで、いつだって漲っている。そのことはお前が身をもって知っていると思うが？」

意味深な黒い瞳が細められる。

最近、さらに濃厚に抱かれているセシリアは、意味するところがわかって顔を赤らめた。

「旅行中、ずっとお前を見ていられると思うと、心が躍る」

「……っ」

「お前は？」

甘さの滲んだ黒い瞳に魅入られ、身体が熱くなってくる。

「わたしも……。毎朝、いってらっしゃいと見送るのが、実は寂しかったから」

「初めて聞いたぞ？」

「……言ってないもの。困らせるかなと思って……」

するとライオネルは笑って、セシリアの頬に口づける。

「困るものか。それどころか朝の活力になるのに」

「活力になりすぎて、寝台へ逆戻りしない？」

するとライオネルは真顔で即答した。

「当然、速攻、寝台行きだ」

「やっぱり……！」

ライオネルは声をたてて笑った。

「この姿でいるせいか、王都でのことを思い出すな。どんなに口説いてもつれない……あの時のお前に比べれば、そう言ってもらえるのは、かなりの進歩だ。温室での別れ際に、引きとめてくれたこと並みに嬉しいものだ」

「そ、そんなにつれなかった？」

「ああ。だからレッスンを通して、お前に俺を男として意識させようとしたんだ。ところがお前の方が、逆に俺に女を意識させてくる。誰のレッスンで、なんの我慢を強いられているかと思ったよ」

「その……自覚したのは、レッスンの前で……。グローディアは、その前から察していたみたいだけど。わたしは……レッスンであなたとの関係を変えて、舞踏会のあとに告白しようとしていたから」

「俺もお前との関係を変えたかった。その結果、今がある。それに満足はしているが、もし俺が王でなかったら、この姿でお前とこうやって旅をする……別の未来があったのかと考えてしまう」

セシリアもこくりと頷いて言った。

「わたしもね、王都で会っていた時から、ライとこんな風に国内を旅して、色々なものを見て感じられたら楽しいなと思っていたの。今、あなたがあの時のライの姿だから、もしわたしが王妃にならず、商人貴族のライと結ばれたら……と、別の未来を考えてしまったわ。それでもきっとこうやって、うきうきしながらあなたと馬車で旅をしていることには、違いはないけれど」

そしてふたりは笑い合った。

「同じことを考えているのね」

「ああ、運命のつがいだからな」

抱きしめられ、頭を撫でられながら、唇が重なった。

心を確かめ合うようなゆっくりとしたキスだ。

（幸せ……）

夢見心地のまま唇が離れた時、とろりとした黒い瞳が柔らかく細められた。

「たまにはこの色に戻るのもいいな。お前の反応も素直で可愛い。俺も……ただのライとして、お前とのハネムーンを楽しもう」

「ええ。わたしもただのセシルとして、旦那様と旅を……」

するとライオネルはため息をついて、項垂《うなだ》れた。

「ど、どうしたの？」

「お前の無自覚の言葉は、破壊力がありすぎなんだ」

「え？」

「旦那様……。まあ、そうなんだけれど、お前が言うのは……」

ライオネルの耳が仄《ほの》かに赤い。

（え、旦那様っていう言葉に、弱かったの？）

意外な弱点に、セシルの悪戯心が芽生えてしまった。

「旦那様」

「……っ」

「顔を上げてくださいな、愛しいわたしの旦那様」

ふるりと震えたライオネルは、熱を帯びた瞳でセシリアを睨《にら》みつけると、言い捨てる。

「俺を焚《た》きつけたんだ。責任をとれ」

ライオネルに唇を奪われ、噛みつくようなキスをされた。

ねっとりとした舌が差し込まれ、セシリアの舌の側面を撫で上げると、ぞくぞくとしたものがセシリアの身体に走り、甘い吐息が漏れてしまう。

ライオネルの唇がセシリアの首筋に吸いつき、獰猛《どうもう》な舌で肌を弄《いじ》られる。

「ひゃ、あ……っ」

そしてコルセットごとドレスをずり下げられ、ぷるんと飛び出した胸を貪られた。

「ライ、こんなところで……ああっ」

ぎらついた黒い瞳が、肌を粟立たせて乱れるセシリアをじっと見ている。

黒い野獣のようだ。

食べられてしまいそうな戦慄もまた、セシリアの女の悦びを目覚めさせていく。

ちゅぱりと音をたてて胸の頂きから唇が離されると、彼の大きな両手で鷲《わし》掴まれた胸が、強く弱く揉みしだかれ、卑猥な形に変えられる。

尖った蕾を唇で引っ張られ、奥歯で甘噛みされるたび、セシリアから喘ぎ声が止まらなくなる。

「……セシル。マリサとガイルに聞かれるぞ？」

慌てて口を手の甲でふさいでみたものの、ちょうど馬車が岨道《そばみち》に入ったのか、ガタガタ揺れ出した。

そのせいで手は外れ、さらには秘処が、彼の膨らんだ部分に擦れ合ってしまう。

「や、ライ……だめっ、ごりごりしたら……だめ！」

「……動いているのはセシルの腰だぞ？」

心なしかライオネルの声は、上擦っている。

「違……わたし、そんなこと……」

「見てみろ、セシル」

うっすらと涙を溜《た》めた目で見てみると、確かに自分で腰をもぞもぞと動かしている。

「はしたない動きをしているのは、誰だ？」

「……っ」

セシリアが羞恥に頬を熱くさせた時、ガタンと大きな揺れがきた。

セシリアは慌ててライオネルの首筋に両手を巻き付けたものの、揺れの衝撃で秘処がぐりと硬いもので抉られた。

「あ、んんっ」

痺れるような快感に耐えていると、今度は連続的にガタガタと揺れ始め、秘処が立て続けに快感を拾ってしまう。

「やっ、あ、んぅ……」

びくびくと身体を跳ねさせるセシリアは、これ以上は我慢できないと腰を浮かせた。

「その体勢では安定感がなくて、落ち着かないだろう。中から支えてやる」

（中から？）

にやりと笑うライオネルはドレスを捲り上げると、両端を紐《ひも》で結んでいた下着をとった。そして彼自身もトラウザーズを下げて、屹立《きつりつ》した剛直を埋め込んできたのだ。

「きゃ、ライ……！　だめよ、抜い……あぁ……！」

いまだ質量ある灼熱《しやくねつ》の太杭が挿入される感覚は慣れず、ぞくぞくとして肌が粟立つ。

馬車は険しい道を抜けたのか、揺れが落ち着き、セシリアが圧迫感に順応しようと、浅い呼吸を繰り返した時だ。

ライはまだ動いていないのに、馬車が横に揺れ、それが不測の刺激を生んでしまった。

中を強く擦られ、セシリアは悩ましい声を上げて悶えた。

そんなセシリアを、ライオネルはうっとりとした顔で見つめている。

「長旅の間中、こうして愛する女の乱れる姿を見ていられるのは、幸せだな」

（まさか、ずっと挿れておく気なの？）

セシリアは焦って拒もうとしたが、またもやそこで馬車が揺れた。

角度を変えてずんと突かれ、鋭い快感が走ったが、馬車が静まると刺激がなくなるだけに、それを繰り返されると妙に焦れた気持ちになってくる。

それをにやりと笑って見つめるライオネルを、セシリアは軽く睨んだ。

「……俺を詰るな。俺は動いてないぞ。馬車なのだから揺れるのは当然」

「ライが出てくれれば……ひゃああっ」

「馬車だ」

「違うわ、今はライが動いたのよ！」

笑うライの胸をぽかぽか叩くと、ライオネルは嬉しそうに笑い、セシリアの唇を奪う。

その間に馬車が大きく揺れると、今度はライの口からも官能的な声が漏れ、ライオネルはしまったという顔つきをした。

「ライも気持ちいいの？　馬車に揺られただけなのに？」

セシリアも意地悪く聞いてみるが、ライオネルは答えない。

「……教えて、旦那様？」

「お前……！」

セシリアの中の剛直がびくびくとして、喜び勇んでいる。

「ふふふ、こっちのライの方がとても素直に答えてくれているわ」

「……それ以上は言うな」

ライオネルは仄かに首筋を赤めて、コホンと咳払いをしたが、依然、出て行く気はないようだ。

そして彼は、熱っぽい声でセシリアに言った。

「お前と……どこまでも繋がっていたい。離れていたくないんだ。それを望むのは、俺だけか？」

黒髪をさらりと揺らし、情熱的な漆黒の瞳を向けて。

「俺だけか？」

念を押してくるライオネルの切なげな顔に、きゅんとしてしまう。

セシリアは返事の代わりに彼に抱きつき、自分から口づけた。

「我慢できずに、達してしまったらごめんなさいね」

「構わない。何度も駆け上ればいいさ」

ふたりは情熱的な視線を交わしながら、ねっとりとしたキスを繰り返し、快楽を貪るのではなく……ひとつに溶け合える安らぎを求めた。

時折、馬車の揺れに喘ぎつつ、その後は甘く笑い合いながら、至福感に浸った。

◇・◇・◇

ウィズベリーはアルディアを横断する大きな河川沿いにあり、瑞々しい自然に恵まれた土地だった。

その奥にある森林が多い土地が、ガイルとマリサの父、カルダール辺境伯の領地らしい。

その領地の一部となった旧神官領のアルディアの泉に行くためには、泉がある森の手前にある警備隊の検問を経たあと、馬車から降りて細い獣道を歩くことになる。

泉までは一本道のようだが、途中にある大岩のところで見張りに立つ兄妹と別れた。

なにかあれば、彼らがくれた笛で危険を知らせ合うことになっている。

山のような坂道ではなく、平坦《へいたん》な砂利道は歩きやすいはずなのだが、セシリアの足取りはどこか覚束《おぼつか》ない。

「歩きにくそうだな。抱きかかえるか？」

「い、いいえ。結構です、歩けます……」

言えるわけがない。胎内にまだライオネルの感触が残っているようで、もじもじしてしまうなど。

（ライのこの笑み……絶対わかっているんだわ）

思った以上に早くウィズベリーに到着したため、官能の果てに行き着くことなく、甘い余韻を残したままで終了となった。彼の熱と感触が胎内から消えて寂しいくらいだったが、そんなことを言うと、ライオネルは繋げたまま歩き出しそうで、黙っておくことにした。

差し出された彼の手を取り、ふたりで砂利道を歩く。

王都でもふたりで歩いたが、手を握ることはなく、ただ肩を並べただけだった。

あの時から、目まぐるしく環境が変わった。

だが隣にいる男性がライオネルのままだということが嬉しく、くすぐったい気持ちになる。

（こんな日々が、ずっと続けばいいのに……）

「この地方は森が多く、珍しい動物たちも多くいるが、場所によっては猛獣が根城にしている森もあってな。特にカルダール辺境伯の屋敷の近くにある、国境沿いに広がる森は、人を襲う猛獣が多く棲《す》みつき、昔から禁忌の森として人が寄りつかない場所だった。それを辺境伯自身が、王軍の軍師として功績をたてた報奨として欲しいと願い出たと聞いている」

「まあ。辺境伯が望まれたの？」

「ああ。彼は早々に禁忌の森を攻略して猛獣を倒し、あるいは力で従えたことから〝野獣軍師〟と呼ばれた。その名は異国にも轟《とどろ》き、そのおかげで国境は彼と猛獣に守られている」

今日からカルダール家に数日泊まることになっている。

耳にする武勇伝は常人離れしているだけに、相対するのが恐ろしくもある。

（猛獣を従わせる野獣みたいな方だなんて……いくらマリサのお父様とはいえ、怖いわ）

セシリアの顔が引き攣っていることに気づいたのだろう。

ライオネルがにやりと笑った。

「大丈夫だ。俺が辺境伯に武術を習っていた頃は、よく彼に、ガイルやマリサとともに森に放り込まれた。三人がかりだったが、俺たちもなんとか猛獣を従えられたんだ。お前も死ぬ気で頑張れば、きっとできるようになる。なにせ俺のつがいの聖女なんだから」

「ちょっと待って。なんでわたしが猛獣使いになる話になっているの⁉」

悲鳴にも似た声で焦って反論すると、ライオネルは声をたてて笑った。

「冗談に決まっているだろう。どこに猛獣が現れようと、大丈夫。安心して、守られておけ」

「は、はい……」

心強い言葉にときめいてしまい、セシリアは頬を紅《あか》く染め上げた。

「しかし……中々泉に行き着かないな。もう泉が出てもいいはずだが……」

「ええ。同じところをぐるぐる回っている気がする。だけど一本道を歩いているし、岩間にいるマリサたちに再会しないのだから、錯覚なのよね」

そんな時、ばさばさと音がして、一羽の白い小鳥が左方向へ飛んでいった。

ふたりでその鳥を見つめると、突如風が吹いた。

ライオネルがマントでセシリアをくるむ中、たくさんの木の葉が一斉に音をたてて揺れる。

それが落ち着きを見せると、小鳥が消えた方向に、今までなかった光景が広がっていた。

「ねぇ、ライ。あれ……」

「あれが……アルディアの泉！」

暖かな光に包まれて、色取り取りの花々が咲き乱れていた。

それらに取り囲まれるようにして、七色の光を放つ、神秘的な泉がある。

夢幻の境地を垣間見《かいまみ》ている気分になり、思わずセシリアは惚《ほう》けてしまった。

「女神の……神気を強く感じる。こんな場所があったことを、今まで感じ取れなかったとは！」

ライオネルは感極まった声を響かせ、衣服を脱ぎ始めた。

男の艶に満ちた精悍な裸体を晒し、光が差し込む七色の泉に入っていく。

泉はライオネルの腰までの高さしかないようだが、彼が泉に浸かると、七色の水面がゆっくりと波打って色が混ざり合い、金の光を放ち始めた。

その中にいるライオネルは金色に染め上げられ、髪と瞳も色を変えていく。

「ライ……金色に輝いている」

「俺はなにもしていない。泉の……女神の力だ。ああ、女神の力が身体の隅々にまで浸透するようだ」

ライは嬉しそうに笑うと、手で掬《すく》った泉を、何度も顔に振りかけた。

興奮に紅潮したライオネルの肌と、濡《ぬ》れ髪《がみ》がやけに色っぽい。

そして両手で前髪を掻《か》き上《あ》げ、天を仰ぐと……しばし動かなくなった。

(戻ったの？　ライの力は……)

静寂を切り裂いたのは、ばさばさという鳥の羽音だった。

十羽くらいの白い小鳥がやってきて、ライオネルの周りをぐるぐると飛び回った。

ライオネルは嫌がらず、聖王の時みたいな慈愛深い笑みをたたえる。

そして口笛を鳴らすと、伸ばした人差し指に鳥が留まった。

ライオネルは小鳥に語りかける。

「ここは、お前たちの水浴びの場だったのか？　すまないな、俺も混ぜてほしいんだ。少しだけ……仲間に入れてくれ」

そしてそっと、手に留まった鳥を引き寄せると、ふかふかな白い身体に口づけ、羽を撫でる。

小鳥は嫌がらず、わかったと言っているような可愛らしい声をたてた。

（なんだか……あの小鳥……羨ましいんだけれど）

仄かに嫉妬するセシリアに呼応するように、同じように見ていた他の鳥たちも騒いだ。

そして自分もしてくれと言わんばかりに、ライオネルの愛撫を求めて、彼の頭に肩に留まる。

「わかった、わかった。一羽ずつな？」

微笑みながら、鳥と戯れているライオネルは、神聖な一枚の絵図だった。

神の似せ絵があるとしたら、まさしくこういうものだろう。

美しく神々しく、愛に満ちた存在――。

「セシル、来い」

ライオネルが慈愛深い微笑をたたえて、セシリアに向けて手を差し出す。

「わたし……鳥じゃないわ」

思わず拗《す》ねた声が出てしまった。

「なんだ、妬《や》いているのか？」

図星を指されて、否定の言葉が妙に上擦ってしまった。

それにくくくと笑ったライオネルは、セシリアに言う。

「俺はこいつらに、お前を紹介したいんだ。俺が心から愛する女だって」

「……っ」

それだけで気分がよくなってしまう自分は、なんて単純なのだろうと思う。

「古い文献の絵には、女神アルディアの周りにいつも小鳥が描かれていたんだ。なにひとつ確証はないけれど、こいつらは……女神の神使かもしれない」

「女神の神使……。もしかして、温室でのあの白い鳩も……！」

「残念ながらあれは、俺の秘書官エウバの鳥だ。なぜか俺は、昔から白い小鳥に好かれやすく、エウバの鳥も、伝書の用もないのに、籠を抜け出してやって来ることがある。白い鳥が女神の神使なら……女神に伝えてもらいたい。女神が遣わしたセシルを、俺がどれほど愛しているのか」

穏やかで、愛情深いその顔に、セシリアの心が熱くなった。

「さあ、俺のもとへ」

セシリアは静かに服を脱ぐと、胸元の高さの泉に入る。

冷たいが、凍えるほどの不快さはなく、心地よさが身体に広がった。

ゆっくりとライオネルの隣に行くと、彼の手に留まったままの鳥を見た。

つぶらな黒い目がセシリアを見つめている。

（黒い目……ライみたい）

それだけで不思議と、嫉妬していた対象が愛おしく思えてくる。

「セシリアと言います。よろしくね、小鳥さん」

セシリアは微笑みながら、ゆっくりと鳥の身体を撫でた。

鳥はふるりと身体を震わせたが、逃げようとはしなかった。

すると別の鳥が羽ばたき、セシリアの周りを飛ぶ。

「セシルを気に入ったようだ。お前は一羽一羽に挨拶しなくていい。なんだか妬けるから」

（ライも、わたしと同じことを思ってる）

笑うセシリアは、ライオネルとともに小鳥と戯れた。

ライオネル派とセシリア派がいるのか、喧嘩《けんか》をしだしてしまい、ばさばさとした羽ばたきで水飛沫《みずしぶき》が飛び、ライオネルとセシリアに降りかかる。

「もう……髪が濡れちゃったじゃない。喧嘩しないで仲良くしてね」

そう小鳥に話しかけた。

「美しいな……」

不意にうっとりとした顔と声が向けられ、セシリアは頷く。

「ええ、美しいわね、この場所……。この小鳥さんも……」

「お前のことだ」

「え……？」

ライオネルはセシリアの額にゆっくりと唇を落とした。

「最愛の王妃に、女神の祝福を」

「……最愛の王に、女神様の祝福を」

小鳥が囀《さえず》る中、どちらからともなく唇を重ね合わせた。

◇・◇・◇

「……ふう、泉に浸って、女神の力が戻ったと思ったんだがな……」

馬車は、宿泊予定のカルダール辺境伯の屋敷へ向かっている。

「喜びも束《つか》の間《ま》、泉から出た途端、元通りだ」

それがわかり、長く泉に入り直したり、泉を口に含んだりしてみたが、あの場から遠ざかると、増えた分の女神の力は失われるらしい。

戻りが遅いと、マリサとガイルも心配してやってきて、皆であれこれ知恵を振り絞って試してみたが、わかったのは、女神の力を回復したければ、あの泉に浸らなければいけないということ。

もうあたりは薄暗くなり、獣が多く出てくるということで、引き上げることになったのだ。

喜びが大きかった分、ライオネルの落胆は大きかった。

「でも、ほら！　女神の力を回復させるものがあったということが、わかっただけでも……」

セシリアは明るく励ましているが、ライオネルはため息交じりに答えた。

「神託や守護結界を張るのに必要な分の……女神の力を回復させるためには、泉に浸り続けないといけないのだぞ。仮に王宮をあの場に移したところで、泉から登場する王って威厳があるか？」

（笑っちゃいけないんだけれど、そんな聖王陛下を想像したら……）

「泉を汲《く》み上げ、王宮で上から注がせるか？　魔石の力を使えば、できないこともないだろうが、皆の前でどこまでずぶ濡れになれば、泉に浸った時と同等な力が回復できるのか」

悩めるライオネルは、気だるそうな空気をも色気に変えている。

（色気だけは残るのにね。女神の力は、どうして一気に増えないのかしら。増える気があるのなら、ちびちび増えなくてもいいのに……）

こんこんと窓が叩かれる音がして、セシリアは内窓を開けた。

するとマリサだった。

「もう少しでカルダール家に到着します」

「ありがとう、マリサ」

マリサの言葉をライオネルに伝え、セシリアはふとマリサの顔が強張っていたことを思い出した。

「マリサ、すごく堅い顔をしていたわ。疲れさせてしまったわね。実家でくつろげればいいけど……」

「いや、マリサが堅い顔をしていたのは別の理由だ。いつどこから、アルディア一の猛獣が出てくるかわからないから、警戒しているんだ」

「アルディア一の猛獣⁉」

「大丈夫、俺が守ると言っただろう？」

「わたしはライに守られても、マリサは……」

「マリサもガイルも対処できる。対処できなければ、そちらの方が大問題だ」

「そ、そうなの？　マリサは本当になんでもできてすごいわ。見習うべきことがたくさんある」

「お前だってすごいじゃないか。宴以外でも、王宮の裏を改革して」

「それはマリサがいてくれたからよ。それにライが許可してくれたから可能になったことで……」

マリサとともに始めた、王宮改革の作戦会議――。

それは王宮内に潜む、間諜を兼ねた使用人の一掃だった。

特に王宮内を自由に移動できる使用人は、いつどんな話を盗み聞きし、なにを食事に混ぜて運んでくるかわからない。そうした者たちがもたらす危険度を、下げようとしたのだ。

大勢いる王宮使用人のうちどの程度が間諜なのか、予想できないため、家柄や後ろ楯となる紹介者が、ライオネルと敵対する者を選び、セシリアやマリサが実際に面談をした。

表向きは労いの言葉をかけているものの、実際は誘導尋問だ。

それでなくても情報通という噂がたつ王妃が、「知っている」風に意味ありげに話をしてくると、うしろめたさがある者は、すぐに自白したり、居たたまれなくなって辞めたりする。

また、各部署にいる使用人たちの長が、賄賂を貰ったりせず、信用できるかを見極めた上で、使用人たちの教育と統制を厳しくさせた。

ただし、利用できるものは利用する。

ライオネルが、毎晩セシリアの部屋に通って仲睦《むつ》まじいことを周囲に伝達できるのは、屋敷にいる使用人たちだ。彼らが間諜として、引き続き宰相やそれぞれの貴族に報告すれば、次期王となる御子《みこ》誕生に備えて、宰相の派閥から離脱して聖王派に乗り換える貴族も多く出てくるはずだ。

そのために二重間諜を作ったが、その懐柔はマリサとガイルが名乗り出た。

兄妹がどんな方法で二重間諜を従えたのか、その方法は教えてくれなかったが、間諜からの秘密情報はライオネルの役に立ち、宰相派からの離脱者も徐々に増えているらしい。

「マリサはお前に信頼してもらえて喜んでいたぞ。力こそすべての家で育ったから、命令以外で友のように優しく声をかけてもらうのが初めてで、嬉しいらしい」

「まあ、そうだったの。だったら今度は、遠慮しないでもっと積極的に声をかけるわ。マリサの任務の妨げにならない程度に」

セシリアは顔を綻ばせた。

「はは、マリサも喜び、一層お前のために尽くすだろう。俺もあの兄妹も、早くに母親を亡くしているから、利害関係抜きの情には、弱いんだ」

そう言った時だ。

馬の嘶《いなな》く声が聞こえ、馬車ががくんと揺れて止まった。

「来たか」

ライオネルが、警戒に目を細めた。

（え、来たって……アルディア一の猛獣⁉）

カキン、カキンと刃を交える音がする。

（その猛獣……硬いの⁉）

どんな化け物風の猛獣なのかとあれこれ想像していると、ライオネルが外に出ようとした。

「危ないから、だめよ、ライ！」

「俺が出ないと、終わらない」

「あなたがふたりより強いのはわかるけど！　化け物退治を、ふたりに任せるのも忍びないけれど！　でもあなたは国王で、もしものことがあったら！」

「国王だってひとりの男だ。守るために、戦うのが宿命なのだと――そう、教えられたんだ、彼に」

そしてライオネルは、セシリアの制止を振り切って外に飛び出した。

「ライ――!?」

（守らないと……わたしがライを……聖王陛下を守らないと！）

剣技は習ったことがないし、王とでのごろつきでも震え上がって身体が動かなくなったけれど、身を投げ出し、生き餌になることで、ライを逃がすことはできるはずだ。

「ガイル、マリサ。引け！　……俺が相手をする」

そんな声が響き、セシリアは慌てて後を追った。

噴水が湧き出る大庭園を背景に、夕闇に染まった空に高く舞って身を捻《ひね》り、大剣の攻撃を躱《かわ》すライオネルの姿があった。

（猛獣……って、獣じゃないの!?）

ライオネルが戦っているのは、人間だった。

かなりの巨躯《きよく》なのだが動きは俊敏だ。見るからに重そうな大剣を軽々と片手で振っているが、ライオネルが手にしているのは、護身用の細剣である。

どう見てもライオネルの方が、分が悪い。

それなのに、ライオネルの素早い剣捌《さば》きと身のこなしは、大剣の威力に負けていなかった。

交えた刃から火花が飛んでいる。

そして――カキーンと音がして、大剣が夕空にくるくると舞って噴水の中に沈むと、巨躯の男はライオネルの前で片膝をついた。

「――お見事。ようこそ、我が屋敷に。ライオネル陛下」

「久しいな、カルダール辺境伯。昔と変わらずの豪快な出迎え、大儀」

（カルダール辺境伯……!?　アルディア一の猛獣が、マリサと騎士団長のお父様!?）

セシリアは、驚愕《きょうがく》と緊張のあまり、ずるずるとその場に屈《かが》み込《こ》んでしまった。


衝撃的な出迎えを受けたセシリアは、応接間に案内された。

目の前で豪快な笑いを見せているのが、カルダール辺境伯である。

彼は、ガイルやマリサに対しても、腕が鈍っていないかの確認のため、必ず一戦を交えるらしい。

そのためマリサは、父親の襲撃に備えて表情を強張らせていたのだ。

王に刃を向けるなどとんでもないことだが、カルダール辺境伯は、過酷な訓練でライオネルを鍛え上げた武術指南役だ。彼らにしかわからない、親しみを込めた挨拶があるのだろう。

（まあきっと、辺境伯はライオネルには傷をつけないのでしょうけれど）

ライオネルを見る眼差しは、ガイルやマリサら向けるものと同じく、とても優しいのだ。

「陛下、腕を上げましたな。昔は指で弾《はじ》いたら、飛んでいきそうなくらいに弱かったのに」

「あなたのおかげだ、カルダール辺境伯。おかげで王宮でなんとか生き抜いている」

するとカルダール辺境伯は豪快に笑った。

「時に王妃、うちのマリサはお役に立てていますかな。ご不満があれば……」

「いえ、まったくありません！　マリサのおかげで、わたしもなんとか王宮を生き抜いております」

その返答がおかしかったのか、カルダール辺境伯だけではなく、隣に座るガイルも笑った。

笑い顔はそっくりで、筋肉が盛り上がった体格といい、父子だとすぐにわかる。

「父上、兄上、陛下。笑い事ではありません」

ぴしゃりとマリサが言った。

彼女は小柄でほっそりしているが、顔立ちはやはりどこか似ているようだ。

彼らを見ていると、アンフォルゼン家を思い出す。

家族は元気でいるだろうか。

宴が終わると、父はセシリアになにも言わず、臣下の礼だけを見せて帰った。

それを思い出して寂寥《せきりょう》感に胸を痛めつつ、笑い声をたてながらこのあとの食事も終えた。

「積もる話はありますが、今日はお疲れのことでしょう。陛下もご存じの通り、我が領地には乳白色の温泉がありましてな。おふたり用の離れと、専用の露天を用意しました。そこで長旅の疲れを癒やしてくだされ」

アンフォルゼン領にも小さな温泉はあるのだが、乳白色の温泉は入ったことがない。

セシリアは喜んで、カルダール辺境伯に礼を述べた。

「いやいやいや。……頑張ってくだされ、王妃」

意味深に笑って、辺境伯は去った。

（頑張る？　温泉に入るのを？）

首を捻りつつ、マリサに案内された離れに向かった。

露天は大きな岩風呂で、魔石の照明があたりを淡い光で照らしている。

心地よい風が木の葉をさやさやと揺らし、どこからかフクロウの鳴き声がする。

ライオネルと隣り合って露天に入り、とろみがある乳白色の湯を肌に擦り込んで楽しむ。

（つるっとする。うちの領地の温泉以上に、美肌効果がありそう）

「ここはふたつの効能があってな。傷や疲れの回復。カルダール辺境伯との厳しい稽古に明け暮れたあとは、この温泉に浸かり……回復したらまた稽古だ。いい思い出だ」

（いい思い出……なのかしら？）

セシリアは複雑な心地になった。

「やはりここは、疲れに効く。王宮に持って帰りたいくらいだ。泉とはまた違った満足感がある」

「ええ、そうね。もうひとつの効能って、美肌？」

「いや」

ライオネルにやりと笑って、腰を引き寄せたセシリアの耳に囁く。

「子宝に恵まれること」

——頑張ってくだされ、王妃。

ようやく、カルダール辺境伯の言葉の意味がわかり、セシリアは真っ赤になった。

「効果があるか、試してみたいか?」

「い、いいえ……わたし、疲労回復と美肌効果を確認できればそれで……」

「逃げるな」

ライオネルは笑ってセシリアの腕を掴んで引き寄せると、正面から抱きしめる。

「しっとりとして、一段と触り心地がいい身体になってる。これは確かに昂るな。疲れを癒やして、たっぷりセシリアの中に注げという、ありがたい温泉だ」

ライオネルは吐息たっぷりにセシリアの耳元で囁くと、彼女の耳朶に吸い付いた。

「ひゃ……」

ライオネルの手が、セシリアの胸を揉《も》み込《こ》んだ。

乳白色の湯を揺らし、緩急つけて揉みしだかれ、セシリアの息が乱れてくる。

「や、あんっ」

野外のため、セシリアの甘い声はよく響いた。

それが恥ずかしいのに、なぜか興奮してしまう。

「ああ、たまらない……」

ライオネルは熱っぽい声で呟くと、セシリアの唇を求め、ねっとりと纏れるようにして、舌を絡めてきた。

(気持ちよくて、身体の芯まで蕩けてしまいそう……)

音をたてて舌を吸い合うと、漏れる吐息が官能的なものになってくる。

やがて急いたように喘ぎながら、強く抱き合うふたりは、腰を淫らに揺らして、互いの秘めたる部分を擢り合わせた。

「あぁ……」

甘美の声を上げたのはどちらが先か。

ライオネルはセシリアの尻を掴んで少し浮かせると、猛った己の硬い先端部分で、セシリアの秘裂を力強く擦り上げた。

「ライ……ああ、ライ……」

「ああ、セシル……。こんなにとろとろにさせて……なんていやらしいんだ」

「そ、それは……湯のせいよ」

「本当にそうか？　確かめてみよう」

ライオネルはセシリアを抱き上げながら、そばにある岩の上に座り直した。

水位が下がった中で、セシリアの両足を大きく開き、屹立した剛直を根元まで滑らせる。

ライオネルの感触と形を直に感じて、セシリアはぞくぞくして甘い声を漏らしてしまう。

「一層蕩けているじゃないか。わかるか、この音。お前の蜜が溢れ、俺のとで混ざる音だ」

「……っ」

「こんなに滑りがいいのなら、すぐにでも自然に挿ってしまいそうだ」

ぬちゃりぬちゃりと淫靡な音が響く中、ごりごりとした先端が蜜口を掠め、浅く入りかけては花園の表面を散らしていく。それがもどかしくてたまらない。

「ふ……ぁあ……」

「俺を……感じて……乱れろ。セシル」

ライの顔は上気して艶めき、薄く開いた唇からは、扇情的な吐息が漏れている。

（あぁ、ライも感じてるんだ……）

歓喜に昂り、セシリアの中から熱いものがとろり、またとろりと垂れてしまう。

捕らえられそうなのに、滑って逃れる彼が恨めしい。

思わず腰が動いてしまうと、ライオネルからかすかに呻《うめ》き声《ごえ》が漏れた。

ライオネルの眉間に皺が寄っている。

痛かったのかと思ったが、そうではなかったようだ。

熱に蕩けた目を細め、セシリアに艶然と微笑んでみせる。

「気持ちがいい……。お前は……中も外もたまらないな」

「……っ」

こんな顔をさせているのが自分だと思うと、身も心も熱い。

同時にライへの愛おしさが膨張して苦しくなり、セシリアは何度も唇を求めた。

ライオネルは嬉しそうにキスに応え、セシリアを強く抱きしめながら、力強く腰を動かした。

熱く猛々しいそれ。

ごりごりとした硬い先端と、ぬるぬるとした太い軸が、交互に獰猛な動きを見せる。

動くたびに強靭《きょうじん》な男であることを主張しながら、セシリアを一方的に壊しにかかってくる。

そんな凶悪なもので暴虐的な快楽を刻み込まれると、平静でいられるはずがない。

ぞくぞくが止まらず、全身の肌は粟立ち、切なげな嬌声がひっきりなしに漏れ出る。

「ライ……ああ、ライ……」

ライオネルのことしか考えられない。

もっと彼を甘受したいと、セシリアもまた腰を揺らした。

「あぁ、セシル。俺ので……なんてたまらない顔で、感じているんだ」

「ああ、あん、ライ……気持ち、いい。あぁ、ライが……気持ちいいから……！」

「俺も、だ。あぁ……、表面だけなのに……こんなに熱く蕩けて……溶けてしまいそうだ」

少し苦しげな表情で、色香をぶわりと広げて快感を訴えてくる彼が、愛おしくてたまらない。

こんなに快感を覚えるのは、相手が愛するライオネルだからだ。

ふたりの淫汁が混ざり合った部分は、卑猥な音を強め、さらに激しさを増した。

快感の波が後から後から押し寄せ、セシリアを追い詰めてくる。

その勢いに呑まれて、彼女は自分が消えてしまいそうな錯覚に陥ってしまう。

（いやだ……。ライを……ライが好きなわたしを消したくない……！）

快楽と戦慄の狭間で悶えるセシリアは、切羽詰まった悲鳴にも似た嬌声を上げ続けた。

ライオネルはセシリアを宥《なだ》めるようにして、その顔にキスの雨を降らせる。

そして――。

「挿れるぞ」

余裕ない声がしたと思うと、ずんと剛直が捻り込まれた。

「あ……」

熱く質量あるものが、蕩けた内壁を擦り上げながら深く突き上げてくる。

目の前に、ちかちかと星が散った。

怒張した剛直を奥へと迎え入れたセシリアは、次第に表情を緩め、うっとりとした顔で微笑んだ。

「ああ、ライが……戻ってきた。奥まで……大きい……」

するとライオネルはやるせないため息をついて、薄く開いたセシリアの唇に舌を差し込むと同時に、下からずんずんと突き上げた。

セシリアは慌ててライオネルの首に手を回してしがみつくが、漏れる声は恐怖のものではなく、歓喜のものだ。ライオネルは突き出される胸の頂きに吸いつきながら、狭い膣《ちつ》道を穿つ。

激しく揺れる湯のように、押し寄せる快感の波が激しくなり、セシリアは身悶えた。

「セシル……。馬車では……ただ繋げていただけで、お前が好きな奥を激しく突いてやれなかった。だから今度は……ともに快楽の果てに行こう」

「あ、ああっ、ライ、激し……あぁん、ライっ」

「セシル……締め付けがすごい。ああ、もっていかれそうだ……っ」

ライオネルの顔が苦渋に満ち、切なげな息が漏れた。

壮絶なまでに広がる男の色香に当てられ、セシリアはぶるりと震えてしまった。

彼は両手でセシリアの足を開いて持ち上げると、腰を回すようにして深く貫く。

剛直が勢いよく深層にまで突き刺さり、セシリアの身体に鋭い快感が駆け抜けた。

セシリアは一気に達してしまったが、それで終わることはなかった。

ライオネルは、繋げたまま彼女の両手を岩場につかせ、今度は背面から穿ったのだ。

「あぁ、わたし……わたし、まだ……！」

快楽の余韻が抜け切れず、敏感になったままの状態の身体にさらなる刺激を与えられ、セシリアはぶるりと身を震わせつつ、剛直から逃れようと尻を振った。

しかしそれは、ライオネルを煽るだけのものだ。

「……もっと欲しいと、ねだるな」

「ねだってなど……！」

ライオネルはセシリアの尻を掴んで高く持ち上げると、容赦なく腰を打ちつけた。

「ああ、お腹《なか》が……破れちゃう。ああ、だめ、だめ……わたしまた……」

「は、ぁ……お前の中、すごくうねってたまらない。奥に……奥に放つぞ！」

「ん……ちょうだい。ライ……っ」

セシリアの許しが出ると、剛直がまた一段と猛々しく怒張する。

質量と硬さを増したそれで、快楽にひくつく内壁を激しく擦り上げられ、達したばかりの身体にまた果てが近づいてくる。

怒濤《どとう》の勢いで快感が大きく渦を巻き、セシリアは暴力的なまでの力に呑み込まれていく。

自分が自分ではなくなる不安を感じながら、セシリアの背がぐっと反り返った。

「あっ、ああっ、ライ……わたし、わたし——っ！」

「セシル、俺もだ……！」

腕を後方にぐいと引かれて、急くように唇を奪われる。

後ろから抱きしめられ、精悍な彼の身体に包まれながら、セシリアの身体が果てを迎えて弾け飛んだ瞬間、小刻みな抽送を繰り返していた剛直が、ぶわりと膨らんだ。

「ん、は……ぁ、く——……っ」

そして耳元に響くライオネルの呻き声とともに、熱い飛沫《しぶき》が迸った。

何度も腰を押しつけられ、彼の激情のすべてが、深層に注ぎ込まれる。

熱い欲の残滓《ざんし》——それはセシリアへの愛の証でもある。

（ああ、嬉しい……）

セシリアは至福感に酔いしれる。

「セシル。これだけでは……終わらない。終わらせない……！」

溢れても止まらないライオネルの愛――。

セシリアは再び彼の熱情に身を委ねながら、激しく愛される悦びに涙した。

◇・◇・◇

翌日――。

ライオネルはセシリアを前に乗せ、緑豊かな領地内で白馬を歩かせた。

辺境伯や兄妹が護衛を兼ねた案内を申し出たが、ここは安全な土地で、第二の故郷だから慣れていると、それを拒み、セシリアとふたりきりの時間を作りたがったのだ。

（きっと……マリサたちを家族水入らずにしてあげたかったのね）

それは間違っていないはずだが、馬に乗っている間中、後ろから頬を擦りつけたり、首筋や頭上に唇を落としたりと、とにかく甘い。本当にふたりきりの時間を満喫しているようだ。

「温泉効果だな。まるで疲れを感じない。今夜も果てなく……愛し合える」

耳元に熱っぽく囁かれ、セシリアはぞくりとする。

「ますますお前が女として魅力的になり……離したくない。たとえガイルだろうが、こんなに濃厚に匂い立つ……俺のセシルのそばにいさせるものか」

「過大評価しすぎよ。それならライの方がよほど……」

彼を見上げると、蕩けるような目をした端正な顔に微笑まれた。

「俺が、どうした？」

「……なんでもない」

心を射抜かれてしまったセシリアは、早まる鼓動を誤魔化すように目をそらす。

すると視界の端に、黄緑色のもこっとした木のようなものがひとつ見え、それが突然すくりと立ち上がって歩き出したために、セシリアは驚いた。

「あれはエルピーと呼ばれる、アルディアで一番速く走る巨鳥だ。群れからはぐれたようだな」

「エルピー……初めて聞いたわ。翼があるのに、あの長い二本足で走るの⁉」

「ああ。エルピーはこの領地では、れっきとした警備隊員でな。速く動くものや、高い音に放つものに反応し、追いかけてくる。たとえば……」

ライオネルはにやりと笑って、指笛を吹いた。

すると距離が離れているにもかかわらず、エルピーがぴたりと動きを止めて、こちらを見る。

そして――。

「ライ、ねぇ……エルピー……こっちに向かってきているんだけど！」

軽やかな足取りに見えるが、砂埃《すなぼこり》をたてて爆走してくる。

鬼気迫るような迫力に、セシリアは怖じ気づいた。

「よし、エルピーと勝負だ！」

「な、なんの勝負⁉」

ライオネルは手綱を操って馬を断かせると、鐙《あぶみ》にかけた足で馬の腹を蹴った。

「もちろん、速さだ！」

馬は風を切って走る。

追いかけてくるエルピーの速度も、また一段と上がったようだ。

ふさふさとした黄緑と白の羽毛。子供など丸呑《まるの》みできそうな大きな黄色のくちばし。

（怖い……怖い……！）

凄まじい速さを見せる、巨大な怪鳥に追いかけられる恐怖に、セシリアは気が遠くなりかけた。

そんな彼女とは対照的に、ライオネルは余裕がある。

「ははは、エルピー如きに追いつかれてたまるか」

彼は好戦的に笑って、エルピーを挑発するように速度や方向を変え、広い領地を走り回る。

ライオネルが乗馬上手なのはわかったけれど、それでエルピーを煽らないでほしい。

「セシル。目を瞑っていないで、楽しめ。人間と野鳥の競争、ここでしか味わえないぞ？」

「楽しむ余裕なんて、わたしにはないわ！」

「大丈夫だから、目を開けてみろ」

薄く目を開けてみると、真横にエルピーの顔が見えた。

互いに同じ速度で走っているため、静止しているように錯覚する。

ライオネルが引き離そうと、さらに馬の速度を上げると、エルピーも凶鳥の如き目を吊り上げて、奇声を上げて全力疾走をしてくる。

速さを誇る鳥としての矜持《きょうじ》ゆえか、必死に張り合っているらしい。

(鳥の常識からかなり逸脱しているんだけれど、エルピーは本当に鳥なの？　馬に比べて細い足をしているのだし、あまり無理はしない方が……)

心配した目を向けたセシリアに気づき、エルピーは突如、くちばしをかぱりと開いて、くぇぇぇぇっ！と大きな鳴き声を発した。

セシリアは、思わず悲鳴を上げてライオネルにしがみついてしまう。

「限界かな。……セシル。マリサが持たせたバスケットから、りんごを出せ」

「は、はい……」

抱えている小さなバスケットの中には、りんごが四つ入っている。

それを見た時は、丸かじりをしろということなのか、と首を捻った。

仮にも王がいるのに、マリサらしくない対応だと思っていたが、りんごを取り出した途端、エルピーの鳴き声が甲高くなった。両翼をばさばさと動かして、喜んでいるようにも聞こえる。

「エルピーはりんごが好きでな、りんごをくれる相手には敵意を失う。そう辺境伯が手懐《てなず》けた。だから野駆けをする際には、エルピー避《よ》けにりんごは必須。セシル、りんごをやってみろ」

セシリアが恐る恐るりんごを差し出すと、エルピーはさらに大きくくちばしを開けた。中に放り込めと言っているらしい。

（喉……詰まらせなければいいけれど）

妙な心配をしながらころりと転がしてやると、エルピーは豪快な音をたててりんごを食べた。

（全速力で走りながら、りんごを食べる鳥……。くちばしの奥、どうなっているんだろう）

エルピーはさらに鳴いてくちばしを開くため、ひとつ、またひとつとすべてのりんごを転がしてやると、巨鳥は走るのをやめて、りんごをゆっくりと堪能することにしたようだ。

ライオネルは、速度を緩めてエルピーの横を駆け抜けた。

セシリアがエルピーに振り返ると、ひときわ長い鳴き声が聞こえた。

別れの挨拶のようだ。

「どうだ、初エルピーは？」

「忘れたくても……忘れられない鳥ね。わたし……世間知らずだったわ」

するとライオネルの笑い声が聞こえてきた。

「昔は辺境伯に、背にりんごをぶらさげて乗馬の稽古をさせられた。前には障害物があり、それを避けながら、後ろから駆けてくるエルピーに追いつかれないように、馬を操らないといけない。ガイルはエルピーが大の苦手で、いつも稽古が終わったあとには、魂の抜け殻になっていたよ」

ライオネルは懐かしそうに目を細めて、くつくつと笑った。

「ここは大自然と動物に囲まれている。異国の文化によって近代的な発展を見せる王都とはまた違い、昔ながらのアルディアのよさが凝縮されたような場所だ」

「そうね。アンフォルゼン領は、山や崖が多くて土地がとても硬かった。毎年安定して収穫できる土地に開墾するまでが大変で、農具とかも随分と改良したものよ。それに比べてここは、河川があって森林が多くて羨ましいわ」

見渡す限り、自然の瑞々しさで潤っている。

金色の穂を風に靡かせる小麦や野菜を育てている畑が広がり、ところどころに果樹園も見える。

森林が多い西方は、木材などの資源も豊富で、木工業を営む民もいるだろう。

ライオネルは畦道《あぜみち》を歩き、畑や果樹園など、活《い》き活《い》きとして暮らす民を見て回った。

「……ねぇ。ここの領民は……辺境伯のご親戚ばかりとか？」

「いいや、赤の他人だ」

民たちの身体が鍛えられており、特に男性の筋肉がむきむきとしてすごいのだ。

ここは北方のように、荒れ地から開墾する必要がない土地だ。

それなのに、どの民も鍛えられた身体をしているということは——。

「辺境伯は、お父様と同じ考えなのね。中央から遠ざかっても、どんな土地にいようとも、国の危機に備えている。愛国精神は忘れていない」

「ああ」

ライオネルは手綱を引き、周囲を見渡した。

「自分たちの土地は、国は……自分たちで守る。それが民の心に息づいている。俺が目指したいもののひとつの形だ」

「……っ」

「領地を見れば、領主がなにを目指しているのかがわかる。それを確認できてよかった。辺境伯は、前王が宰相の言いなりになっていることに嫌気をさし、軍師の地位を辞してこの地に引っ込んだ。前王を見捨てただの、宰相を恐れた腰抜けだの、当時は言われたようだが、この土地と、ガイルやマリサの忠心ぶりを見ていれば、辺境伯の意志はぶれていないことがわかるだろう」

（ああ、きっとライは……それを確認しにきたのね）

「それがわかってよかった。あとは俺が……説得するのみだ」

ライオネルの瞳の奥に宿る強い意志。

それがなにかを察したセシリアは、静かに微笑んだ。

「……風が強くなってきたし、屋敷に戻りましょう。これから長い話になるでしょうし」

するとライオネルはふっと笑って、セシリアの頭上に口づけた。

「俺の妻は、本当に理解が早い。そんなお前に、ハネムーンのプレゼントを用意している。今頃、辺境伯の屋敷に届いていることだろう」

「ハネムーンのプレゼント？」

するとライオネルは意味深に笑うだけで、どんなものかは教えてくれなかった。

「屋敷に戻ってからのお楽しみだ」

「わかったわ！」

ふたりを乗せた白馬は、ふたりの笑い声を響かせて、辺境伯の屋敷に向かって走った。


ライオネルが用意したプレゼントがなにか——それがわかったのは、応接間に入ってすぐのことだ。

辺境伯とガイルが相手をしていた三人の客人を見て、セシリアは驚きのあまり言葉を失った。

そんなセシリアを見て、辺境伯が朗らかな声をかける。

「おお、戻られましたか」

その声に、紅蓮《ぐれん》の炎《ほのお》の如き赤いストレートの髪を靡かせ、振り返る令嬢がいた。

可憐な顔つきをした令嬢は、セシリアを見てぱあっと目映い笑みをこぼして立ち上がると、リボンをたくさんつけた淡いブルーのドレスを翻して駆けてきた。

それはどう見ても——。

「グローディア⁉」

悪役令嬢の時とは真逆な姿になっていても、可愛がってきた妹を見間違えるはずがない。

セシリアは驚いてライオネルを見た。

「お前なら、煌びやかなドレスや宝石より、こちらの方が喜ぶと思ってな。ハネムーンに、妻が大喜びする顔を見させてくれ」

「あり……がとう！」

セシリアは目頭を熱くさせながら、飛び込んでくる最愛の妹を抱きしめた。

「お姉様、お会いしたかったです！」

「わたしも……。もう会えないと思っていたから、嬉しいわ！」

ふたりでおいおいと泣いて、再会を喜んだ。

（まさか、ここでグローディアと会えるなんて……）

こほんという咳払いをしたのは――父、アンフォルゼン侯だ。

（お父様まで……いらっしゃるなんて！）

アンフォルゼン侯は、静かにやってくると、ライオネルとセシリアに丁重な挨拶をした。

グローディアもはたと現実に気づき、腰を沈ませてふたりに挨拶をする。

「ご無礼をお許しくださいませ、聖王陛下、王妃様」

しゅんとするグローディアをライオネルは笑って許す。

「気になさらずに。ここは王宮ではなく、私も王の姿をしていません。ここではあなたの義兄として、身内のように接してください。セシルにもいつも通りに」

黒髪と黒い瞳の姿のまま、穏やかに微笑む姿は聖王のものだ。

ライ特有の妖艶さが薄れ、聖王としての尊さを強く出している。

「あ、ありがたき幸せでございます……陛……あ、お……お義兄様《にい》！」

グローディアは頬を紅く染めて、はにかむようにして笑った。

（グローディアが悪役令嬢を卒業して、こんなに清楚系の美少女になるとは……）

驚いていると、ライオネルの声がした。

「副団長、大儀であった」

もうひとりの客人は、軍服を着たアレクだった。

彼はライオネルに敬礼をしている。

「アレクは、囮《おとり》の馬車の警護についているはずじゃ……」

するとアレクがかしこまって答える。

「その馬車で、アンフォルゼン家からおふたりをお連れするようにと、陛下より仰せつかりました」

（ということは、王が乗るようなあの煌びやかな馬車は、アンフォルゼン家からカルダール辺境伯の元へ、堂々とやってきたということね）

ライオネルは、隠そうとしていないのだ。アンフォルゼン家とカルダール辺境伯の関わりを。

むしろ、親密な関係であることを人々に見せつけたいのかもしれない。

「がははは。私は少しばかり席を外しておりますゆえ。ガイル、マリサ。お前たちも来い」

辺境伯は気を利かせ、家族だけにしてくれた。

「セシル。言いたいことがあるんだろう？」

ライオネルに優しく促され、まずは父であるアンフォルゼン侯に向き直ると、アンフォルゼン家の娘として、今までずっと言えずにいた感謝の気持ちを伝えた。

途中で今までのことをあれこれと思い出し、思わず声を詰まらせてしまうと、ライオネルがそっとセシリアを引き寄せる。

「舞踏会が開催される前、実はアンフォルゼン侯を呼び立て、セシルとの結婚の承諾を貰った」

それは初耳のことだった。

舞踏会でアレクにしてみせた婚約破棄のように、王の権威があれば強制執行できるのに、ライオネルは王としてではなく、ひとりの男として、実家に結婚を申し込んだらしい。

アンフォルゼン侯は、王からの申し出にすぐに従うどころか、渋ってみせたようだ。

——セシリアは我が領地を豊かにさせた才覚を持つ、家族や民想いの娘。アンフォルゼン家にはなくてはならない存在で、正直私はまだ手放したくありません。

——セシリアを私から奪い、どうしてもあなたの妃にしたいというのなら、必ず私たちの分もご寵愛ください。セシリアは、必ずや陛下のお役に立ちますから。

落馬から目覚めたセシリアがどんなに訴えても、その言葉を信じようとしなかった父だ。

後にセシリアの知識を認め、領地をどうすれば繁栄できるかを話し合う時間が増えたが、父と娘というより領主と腹心といった表現の方がしっくりくる間柄だった。

それでも彼は、宴に来てくれた。

父としての言葉は一切かけずとも。

（わたし……愛されていたんだ。ライはそれを教えてくれたのね。ただ……）

「舞踏会前ということは、お父様もご存じでしたの？　舞踏会で陛下が選ぶのはグローディアではないと。だからグローディアの晴れ姿を見届けようと舞踏会に誘っても、来なかった……？」

バツが悪そうな顔をしていた父は、セシリアと視線が合うと、コホンと咳払いをして言った。

「娘が奪われる様を、喜んで見届けられる父ではないのでな。しかも、グローディアまでアレクに奪われるとわかっていて。なにが嬉しくてそれを見守れる？」

「グローディアまでアレクに……って？」

アンフォルゼン侯は、むすっとした顔になって答えた。

「アレクもまた、舞踏会でセシリアとの婚約が白紙に戻ったら、グローディアを貰いたいと言ってきた。そして舞踏会でグローディアを掠ったあとは、しばらく家に帰さないので心しておいてくれと」

アレクを見ると、彼はふっと笑い頷いた。

そこに揺るぎない愛があるのだろうが、そうした泰然とした様が、父を刺激したようだ。

「いいか、このアレクは、私に許可を求めるのではなく、一方的に決定事項として宣言したのだ。セシリアが陛下直々に求婚されて大変な時に、どさくさにまぎれるように！」

（お父様には悪いけれど、アレクは正しいわ。そうでもしないと、お父様は難癖つけてグローディアを離さないもの。さすがはアレクね。グローディアは当然、このことは初耳のはずで……）

グローディアを見ると、目を泳がしながら顔を真っ赤にさせている。

「まさか……知っていたの、グローディア！」

「え、ええ。前日、アレクに……。私が陛下に選ばれるというお姉様の予言が外れるなど、ありえないのではと思っていましたが、それが陛下のご意思だからと……」

つまりライオネルがアレクを使って、グローディアのフォローをさせたのだろう。

（……舞踏会で、グローディアもアレクも、わたしが選ばれたことに驚いていなかった理由がわかったわ。まさかライが裏で手を回していたなんて）

なにも知らずにいたのは、セシリアひとり。

一番の策士は、悪びれた様子もなくこう言った。

「アレクには婚約者を奪い、色々と協力してもらう対価として、そして騎士団副団長としてのそれまでの功績として、アンフォルゼン侯と同じ侯爵の地位を授けました。それにより、アンフォルゼン侯はアレクの身分を理由にして、グローディアとの結婚を拒めない。その結果が、今のグローディアの姿なのでしょう」

ライオネルは、グローディアに質問をした。

「グローディア。セシルから聞いていたイメージと違う姿になった理由は？」

「は、はい。こちらの……素の方がいいと、言われたので……」

「それは誰に？」

ライオネルはわかっていながら尋ねる。

「アレクです……」

「あなたとアレクの、今のご関係は？」

「こ……婚約者、です。正式に……求婚されました」

か細く答えたあと、しゅううと幻の音をたてて、グローディアが沸騰しながら小さくなった。

そんな妹を見て、セシリアは興奮のままグローディアを抱きしめた。

「おめでとう！　グローディア、嬉しいわ！」

「お姉様……」

「あなたにつらい思いをさせてしまってごめんなさい。わたしのせいで苦しい思いをしてきた分、アレクと幸せになってね。誰よりも幸せになるのよ」

そしてアレクにも言った。

「アレク……あなたにも長年、我慢をさせてしまってごめんなさい。どうか、どうか……わたしの可愛い妹と、幸せになってください。妹を頼みます」

「もちろんです。ご安心ください、王妃様」

臣下の言葉使いをしながらも、その瞳から嘘《うそ》偽りがないまっすぐなものを伝えてくる。

ふたりの恋に気づかなかったけれど、長年弟のように接してきた幼馴染みなのだ。

そしてグローディアも涙ながらに、セシリアに言った。

「お姉様……謝らないでください。グローディアは、お姉様に感謝しているんです。お姉様の教えと愛情があって、最悪だった昔の姿を変えられたから、ずっと好きだったアレクに振り向いてもらえた。ずっと思っていました。アレクに似合うのは、お姉様のような清楚で優しい女性で、私ではないと。だからお姉様とアレクを応援していました。その気持ちに偽りはありません」

「グローディア……」

「お姉様。グローディアは悪役令嬢も楽しかったし、あの時の経験がすごく役立っているんです。お姉様がいなければ私は、誰からも嫌われて断罪される運命だったのですから。それがこんなに幸せになれた。私が憧れていた、お姉様のような姿になれた。私は最高に幸せです」

（ああ、わたしのしてきたことは、グローディアの幸せに繋げられたの？）

そう言ってくれるグローディアは、なんて可愛く、強い子だろうとセシリアは思う。

「わたし……グローディアが妹でよかった。この家に生まれてよかった」

セシリアは思わず涙をこぼした。

すると眉尻を下げて、父が言った。

「それは私の言葉だ。セシリアが我が娘に生まれてくれたから、領地は潤い、宴でもすかっとしたんだ。あんなに気分がいいことはなかった。娘がふたりいなくなる寂しさも吹き飛んだくらいだ。セシリアは私の無念を晴らし、アンフォルゼン家の名誉を守ってくれた。グビデのあの顔、傑作だ」

呵々《かか》とした笑い声を響かせながら、臣下ではなく……父として向けられた言葉が、セシリアの心に染み渡る。

（お父様も、こんな風に笑うのね）

今まで見ていても見えないものがあった。

それが見えた瞬間、世界が眩しく変わる。今まで以上に愛おしくなる。

（ありがとう、ライ。あなたのおかげで、わたしたちはこんなにも笑顔になれたの。前以上に……）

そんなセシリアの心の声が聞こえたのか、ライオネルは嬉しそうに笑った。

セシリアの母は、まだ幼い弟とともに、屋敷に残ったという。

母は聡明でプライドが高い女性だったが、父とともに領地の発展に心砕くセシリアに影響されて、次第に変化を見せていった。セシリアから領地が記録的な飢饉《ききん》に襲われることを知ると、大切にしていた宝石を売り、その金で備蓄用の穀物を買って領民に分け与えたこともあった。

弟が歩けるようになってからは、次期当主として今から領民と触れさせた方がいいと、父とともに領地を視察してもいた。

昔の母であったら、貴族が民と交わることなど、絶対によしとしなかったはずだ。

（聡《さと》いお母様のこと。今回一緒にこなかったのはきっと、察したのでしょうね。辺境伯経由での聖王陛下からの招集は、宴の時と同様に、政治が絡む問題になるからだろうと）

――あとは俺が……説得するのみだ。

（そして……お母様が感じていることは、お父様だって感じられているはず。それをわかっていて、

ここにやってきたのだわ）

辺境伯たちが戻ってくると、ライオネルは椅子に座って本題を切り出した。

「――単刀直入に言おう。カルダール辺境伯、アンフォルゼン侯爵。私の力となってほしいのだ。私は……宰相を退け、民が自立する国作りを目指したい。今、この国に必要なのは、この国を心から愛し、今の国のあり方に危機感を覚える者だ」

自らの意思を伝える、まっすぐとした眼差し。

そこには聖王としての穏やかさはなかった。

彼の素を知る者、知らぬ者……誰もが微動だにせず、ライオネルの真剣さを感じ取っている。

粛然とした空気が漂う中、アンフォルゼン侯は口を開いた。

「陛下。私は前王より疎んじられた身。外戚だからという理由ならまだしも、宰相に蝕《むしば》まれたこの国をいまだ愛し、危機を募らせていると言われる根拠はどこに？　国の未来についての話を、陛下としたことはなかったはず」

するとライオネルは笑って答える。

「セシルから聞く領地の形態だけで、領主の考えはわかるというもの。あなたは諸国との協定を全面的に信じず、異国を脅威に思っている。それゆえ、国境沿いに住まうあなたたちが盾になろうとしている。兵に狩人《かりゅうど》の格好をさせ、どんな地形でも対応できるようにと山の中で鍛えて。違うか？」

セシリアは以前、アンフォルゼン領の私兵のことをライオネルに聞かれ、狩人の格好をさせて山で鍛錬をさせていることだけを話した。それだけですぐ彼は、それにどんな意味があるかを見抜いた。

「反乱を起こす準備かも知れませぬぞ?」

アンフォルゼン侯は物騒なことを言って空惚《そらとぼ》けたが、ライオネルは超然と笑う。

「悪役令嬢の断罪へと繋がるようなそんなことを、セシルが許すはずがない。またセシルの言葉を予言と信じるあなたが、王妃となった娘を追い詰めることはしない。むしろ、陰から力になろうとするだろう」

アンフォルゼン侯は否定せず、わずかな情報で看破したライオネルに驚いた顔をした。

「がははははは。侯もやりますな!」

ぱんぱんと手を叩き、大きな声で笑ったのは辺境伯だ。ライオネルは辺境伯を見て言った。

「その愛国精神は辺境伯も同じ。西方の国境沿いの領地を所望したのは、異国からの侵略に備えたためだろう。そして兵だけではなく領民も鍛え、動物まで使い、警備をしている。また、国交が断絶しても、国が耐えきれるだけのものを生産している。それは、自分のためではないはずだ。あなたは職を辞しても、国防の必要性を忘れていない」

辺境伯は肩を揺すって笑う。彼からもまた、否定の言葉は一切なかった。

「宰相に操られた父……前王に色々と思うところはあるだろう。しかし……そんな前王を見て育ったからこそ私は、前王とは違う国作りを目指したいのだ」

ライオネルの強い信念を見て取り、アンフォルゼン侯は言った。

「陛下。確かに私はアルディア国を愛しております。昔は異国文化をすべて否定してきましたが、北方の領主となってからは、セシ……王妃に感化され、発展を遂げる異国の良さを取り入れながら、我が国も我ら民も、守るべきものを守りながら、変わる必要があるのではと思うようになりました」

（お父様……）

「先日、宴に参加して改めて感じました。この国は、宰相が中枢にいる限り未来はないと。恐らく陛下も、現状を私に伝えたいために、あの場にお誘いになったと思っておりますが」

ライオネルは否定せずに、ただ笑ってみせた。

「……ひとつ、お聞かせ願いたい。陛下にそれだけの強い志があるのなら、なぜ今も宰相から力を剥《はく》奪《だつ》しないのか。いや、前王の代から、女神の力を持つ神聖なる王がなぜ、女神の力を持たない下臣の好きにさせているのか。なにか弱みでも握られているのですか」

ライオネルは自嘲し、そして静かに語った。

宰相しか知らない王の秘密と、それゆえに簡単に宰相を退けられない懊悩《おうのう》。そして現在、宰相の力を削《そ》ぎ落《お》とし、宰相なしの国政を目指しているが、証拠を残さない宰相に手を焼いていること。

場にいる者たちは全員、王に力がないという事実に驚いたり嘆いたりせず、ライオネルの言葉に滲む苦悩や決意を感じ取り、耳を傾けていた。

「宰相は生き残りをかけて、近く……私に女神の力がないことを理由に、アルディアの王に相応しくないと糾弾して巻き返しを狙うだろう。場合によっては民を巻き込んだ反乱に発展するかもしれない。

それを回避したいのだ、なんとしてでも」

ライオネルは自嘲する。

「……鎮護の力なき私は、アルディアの王には相応しくないのかもしれぬ。しかし私は父王のように、王としての誇りと責任を放棄したくない。誰かの傀儡《かいらい》にはなりたくない」

静かな口調ながら、そこにはライオネルの様々な感情が宿っていた。

たくさんの葛藤と懊悩を経ても、それでも見失わない強いものがある。

「一部の貴族ではなく、民に必要とされる王でありたいのだ」

切実なその声音は、セシリアの胸を詰まらせ、場を静まり返らせた。

長い静寂を破ったのは、穏やかな笑みを浮かべたアンフォルゼン候だった。

「陛下。宰相が女神の力の有無を重要視しようとも、我ら老兵にとっては、女神の力があるだけのうつけの王などいりませぬ。我らが従いたい王とは、自ら王とはどうあるべきものかを考えて、悩みながらも前に進もうとする御方《おかた》。民と国のことを誰よりも愛される御方」

「候の言う通り。どんな逆境をも諦めずに切り拓く、不屈の精神を持つ方こそ、我らが望む王。……元より、陛下の要請がなくとも、全面的にお味方する気でしたわい。最初からそのつもりでガイルとマリサを鍛え、陛下の元へ遣わしていたのでな、がははは」

（ああ、ライの苦悩ごと受け入れ……王だと認めてくれた！）

感涙するセシリアの前で、ふたりはライオネルの元に移動すると、揃って片膝をついた。

「我らの命、聖王陛下に捧げます。なんなりとご命令を」

それに倣い、他の者たちも全員、ライオネルの前にひざまずいて臣下の姿勢をとる。

……セシリアも同じく。

古き者と若き者がひとつになるこの場こそ、ライオネルやセシリアが目指す国のあり方を象徴しているかのようだった。

「我が王に、永遠なる忠誠を」

一同が声を揃えると、ライオネルは天井を仰ぎ見て、一度目を瞑る。

そして――。

「感謝する……」

漏れ聞こえたその声は、感極まっているかの如く震えていた。


休憩と親睦を兼ねた昼食を挟んだあと、アンフォルゼン侯が腕組みをして言った。

「――大神官が示唆したアルディアの泉に浸かり続けなければ、女神の力は回復できない、と？」

ライオネルは頷いた。

「ああ。女神の力がすべて戻れば、宰相がなにを企てても大義名分の意味をなくす。だが、泉の効果は限定的。どうすれば、泉の恩恵を永続的に受けられるのか……」

アンフォルゼン侯は訝しげに目を細めた。

「大神官は、アルディアの鐘が鳴らなくなることも事前に知っていた。その彼がアルディアの泉に導いたのなら、それは無意味なことではありますまい。なにか、意味があるはず。神官制が撤廃されていなければ、大神官の星見の秘儀は、次代の大神官へと受け継がれ、それを通して大神官が視ていたものがわかるものを。今は継承者もいない……」

辺境伯も唸るようにして言う。

「神官領の泉が、女神の力を回復する不可思議なものだったとは。前に一度見ようとしたが、行き着かなかった。特殊なのは、泉なのか、陛下のお体なのか。どうすれば泉の力が陛下のお体に満ちるものか……。排除なら得意分野なのだが、増やすことについては中々に……」

〝排除〟——その言葉に閃きを覚えたのは、セシリアだった。彼女はライオネルに尋ねる。

「女神の力は、邪《よこしま》な力で阻まれていると言っていたわよね。探ってもそれがなにかわからないと。それによって、アルディアの泉で回復した力も奪われていることは考えられないかしら」

アンフォルゼン侯は、セシリアの言葉に頷きながら言った。

「陛下が力を失われた六歳の頃、グビデが出張り、そして星見で真実を視ることができる大神官は、グビデによって殺された。王が力を失うことで、力を得たのはグビデだ。と、いうことは……」

ライオネルの怜悧《れいり》な瞳が光った。

「王から女神の力を奪う邪なもの……それを操っているのは、宰相の可能性が高い、か」

一同は頷いた。ライオネルは深いため息をついて言った。

「ただ、宰相自身からはそうした邪な力は感じない。彼自身が放つものではなく、なにかを利用しているものかもしれないな。どこかにある、その〝なにか〟を突き止めて措置できれば、泉に浸り続けなくとも女神の力が戻る可能性は大きくなる」

問題は、阻んでいるものの正体だ。それがわからない限り、対処のしようがない。

考え込んでいたアンフォルゼン侯が、唸るようにして言う。

「大神官が星見で、グビデがなにを企《たくら》み、なにをしているのかを知れたゆえ、グビデは速やかに大神官を処刑した。グビデの真意がわかる星見が継承されぬよう、神官制も撤廃して。一連の動きは速かったが、大神官がなにも手を打たないはずはない。……待てよ。辺境伯、当時大神官は愛弟子《まなでし》の神女《みこ》がいて、彼女もグビデに命を狙われたこと、覚えてらっしゃるかな」

「そういえば。大神官が……ご自分以上に星見の素質があると、手塩にかけて育てた神女がいましたな。しかし大神官とともに、殺されたのでは？」

「確か、両目を斬られて……盲目になることで許されたはず。……いや、殺されたのか？　もし生きていて捜し出せたら、星見で真実がわかるかもしれぬ。しかし死んでいれば……」

「真相は闇の中。真実を探している間に、宰相殿が次の手を打ってくることでしょうな」

そんな会話がなされている横で、ライオネルが低い声で言った。

「――彼女は生きている。私の秘書官エウバの妻、ミレーヌと名を変えて」

彼が断言したことに、一同は驚いてライオネルを見つめた。

「目を斬られた上、宰相の刺客に追われていた彼女を、私が助けた。彼女の住まいは知っている。彼女がまだ星見ができるか、直接問おう」

ライオネルは、昂った心を静めるように長い息をついた。

「盲目となった彼女に、星見ができるかどうかわからない。だが大神官はアルディアの泉を示唆することで、彼女の元へ導いた。そう信じて」

一同は大きく頷いた。

「それと……王妃」

セシリアは、声をかけてきたアンフォルゼン侯に顔を向ける。

「最近、王妃を誹《そし》る歌が子供たちの間で流行《はや》っています。ご存じで？」

「いいえ……」

それはライオネルや兄妹、アレクやグローディアも初めて聞くことだったが、辺境伯は知っていたようだ。

「侯のところでもそうなのか！　実はうちもだ。王都から来た旅商人が子供に広めているとか」

「やはり。しかもその商人は、我が領地と隣り合わせの皇国と、行き来している者だと聞きました」

協定を結ぶ前の前々王の代、皇国は幾度かアルディアを攻撃してきたことがある。

それを前々王は女神の力で退け、他の諸国を交えて平和的な協定に至った。

後に宰相の開国政策によって、友好的な交易国となっている。

ライオネルは険しい顔をして言った。

「皇国……。かつてアルディアを攻めた前皇王とは違い、現皇王は穏やかな人格者だと聞いているが。なぜ皇国の商人が……？　その歌の内容は、どんなものだ？」

アンフォルゼン侯は淡々と語った。

「王妃は偽りのアルディアの聖女。淫蕩《いんとう》に耽る王を操り、国を滅ぼさんとする希代の悪女。女神アルディアは腑《ふ》抜けになった王に失望して国の加護をやめ、他国から攻められるだろう。それでもアルディアの鐘は鳴ることはなく、国は王とともに滅びる……という主旨。さすがに王妃のことをよく知る我が領民たちは、笑い飛ばしていますが」

さらに二番は、『しかし国を救いに、真の聖女が現れる。女神の力を失った王に代わり、その聖女は女神の神託を行い、他国の力を退ける。そして、愛国心溢れる男を王に選び、聖女が王妃になると、アルディアは鐘を鳴らして彼らを祝福する』……らしい。

「なんだ、それは……！」

ライオネルは憤怒したあと、考え込んでいるセシリアに怪訝《けげん》な顔を向けた。

「セシル、どうした？」

「ん、いえ……。歌の一番も二番も……どこか、ゲームのシナリオ臭いなと。焼き直しというか。ゲームにはなく、今のアルディアにしかない単語を用いてそれっぽくはしているけど、そうしたものを除いて皇国特有のものに置き換えたら、皇国ルートのある滅亡エンドと救済エンドに近い」

ゲームのことを知らない辺境伯と兄妹は意味不明な言葉だ。彼らは顔を見合わせているが、セシリアの言葉の意味がわかる者たちは、神妙な顔つきである。

「お前のような前世の記憶がある者が関わっていると？」

「わからない。これくらいは、悪意ある人間なら考えられる範疇《はんちゅう》だとも思うし。わたし……この歌は、未来に起こることを告げているのではなく、未来に起こすことを告げているように思えるの」

セシリアの真意を読み取り、アンフォルゼン侯が厳しい面持ちで言う。

「悪意ある人間……即ちグビデが、これから起こそうとするシナリオだと？」

「ええ、お父様。その可能性を強く感じます。宰相に味方する貴族が次々にいなくなっている以上、彼がこの国で今までのように力を振るって生き残るためには、民の力を借りるしかない。だから民の間に広めたのだと」

セシリアの推測を受けて、ライオネルが冷ややかに言う。

「……ということは、生き残りをかけて、新たな王と、新たな聖女……王妃を据える気か。この歌は、それが正当だということを主張する布石。そして現王妃によって現王が腑抜けになったと強調するのに、一番効果的な方法は、民の前で王には女神の力がないことを証明してみせること」

それは――。

「女神の神託の儀を行う気だ。二ヶ月を待たずに。私たちが不在の今、準備を整えているはず。状況的には一週間後の、王都に民が集まる収穫祭が怪しいな」

やはり女神の力を阻むものを突き止め、ただちになんとかしないといけないと、彼は言った。

「しかし従来の女神の神託で、王に力がないとは思いませんでしたがな。女神の意思を象《かたど》ったという大きな珠《たま》が、王が触れると反応して光り……神々しいほどでしたが」

辺境伯の言葉に、ライオネルは薄く笑う。

「あの珠は……巨大な魔石の加工品。女神の力で光ったわけではない。珠の正体がわからぬ者たちにとっては、派手な演出ほど奇跡のように映ることだろうという宰相の入れ知恵だ」

ライオネルは一同を見渡して言う。

「宰相が動くのなら、それはチャンスだ。今まで宰相には確固たる証拠がないため泳がせるしかなかった。しかしこれをうまく利用できれば、宰相をその場で捕まえられる」

そしてその機こそ、ライオネルが待っていたものだ。

「――さあ。罠《わな》にかかるのはどちらか」

ライオネルは、不敵に笑った。


――それは、エウバからの知らせを受けて、セシリアたちが王宮に戻った翌日、宰相がその権限で貴族たちを王宮の謁見の間に緊急招集する、一週間前の出来事だった。

第六章　アルディアより祝愛の鐘を

王都で収穫祭が始まり、賑《にぎ》わいを見せているその日――。

王宮の謁見の間に、宰相がいた。

壇上の玉座にはライオネルが座り、その横にはセシリアが座っている。

高い位置から宰相を見下ろすライオネルは、穏やかな聖王の仮面をかぶり、宰相を促した。

「宰相、貴族たちに招集をかけるほどの緊急事案とはなにか、速やかに話してください」

「いや、まだ皆が集まらないので……」

宰相は苛立ちを隠しきれない顔で、閑散としたあたりを見渡した。

赤い絨毯《じゅうたん》の両側には、数人の騎士団員が警備に立っているが、そこには騎士団長も副団長もおらず、緊迫した空気は漂っていなかった。

「いえ、これでいいのです。あなたがまず話すべき相手は、王である私のはず」

ライオネルの口調には強さがあり、冷厳な威圧感に包まれている。

いつもと違うなにかを感じたのか、それとも反論できなかったためか、宰相は言葉を詰まらせた。

「そして……そのご令嬢はここにいるべきではない。下がらせてください」

その〝ご令嬢〟とは、宰相の養女ルナのことだ。

国の一大事の時に発令される緊急招集の場に、なぜか当然のようにこの場にいるのだ。

（彼女が、宰相が歌を作ってまで王妃にしたい、女神に祝福されたとする令嬢……。ライは思い出して語るのも嫌がっていたけれど、宰相が王妃に相応しいと思えるだけのものがなにかあるはず）

黒髪に黒い瞳。

それに揃えたのか、胸には大きな黒い宝石がついたペンダントをしている。

童顔の顔立ちは可愛らしく、どこか懐かしさを感じるが、ライのような神秘的な美しさはない。

頭から大きな白いベールをかぶり、まるでセシリアが婚姻の儀で着た、婚礼衣装のような出《い》で立《た》ちでの登場である。

自分こそが、真なる王妃だと強調したいのだろう。

それはセシリアにとって、宣戦布告を受けたも同然だ。

（以前はどうであれ、きっとこの場では王妃としての資質を見せ、正統性を主張してくるはず。初《しょ》っ端《ぱな》から聖王にすげなくされて、どう出る？　……さあ、お手並み拝見）

セシリアが見つめる中、ルナがしたことは――。

「ルナは、聖王様と一緒に、いたいんですぅ！」

両手を拳にして、全身を横に振った〝イヤイヤ〟のポーズ。

動くたびに大きな胸が揺れている。いや、揺らしていると言っても過言ではない。

（ドレスを着ているのに、コルセットしてないのかしら……って、考えるべきところは胸ではなくて！

まさかこんな、あざとぶりっこ系とは。強烈すぎて、目眩《めまい》が……）

「ルナは聖王様のつがい。離れたら、寂しくて弱って死んでしまいますぅ！」

（……今まで離れていたのに、とても色艶よくお元気そうだけれど……）

ちらりとライオネルを見た。

彼はすべての感情を超越して無表情だ。考えること自体を拒絶しているようにも見える。

「ルナ、おとなしくしていますからぁ。ルナの同席をお許しくださぁい。ね？」

上目遣いのルナが、にゅっと尖らせた口をライオネルに向けて〝お願いポーズ〟を作った。

ライオネルは美しい顔を引き攣らせたあと、片手で彼の頭を押さえると、小さく頷いて許可した。

面倒になったのだろう。

「ありがとうございますぅ！　聖王様」

ルナはライオネルの気を引けと厳命でもされているのか、その後もやたらライオネルに声をかけて注目されようとしたが、ライオネルは無反応だ。

（ここまであからさまに嫌われているのにめげない精神もそうだけど、ライに慈愛深い聖王の仮面をかぶらせないなんて、すごいわ）

生温かい目でルナを見ていると、視線が合った。

すると――。

「――っ⁉」

ルナは目を吊り上げて口を歪ませ、乙女とは思えない形相で威嚇《いかく》してきた。

思わず怯《ひる》んだセシリアだったが、ライオネルが正面に向き直った時には、ルナの顔は戻っている。

（見間違い？　そう……よね。さすがにあんな顔は……）

無駄にドキドキしてしまった心を宥めていると、宰相が咳払いをして話し始めた。

これ以上待っていても、人は集まらないと悟ったのだろう。

「……陛下。ただいま民たちが王妃様の資質について、懐疑的になっております」

（本題はやはり、それか）

セシリアは顔つきを硬化させながら、宰相の言葉を聞いた。

「民は騒ぎ、このままだと暴動に発展しかねません。民を安心させ納得させるためにも、王妃にはこのルナが相応しいかと。ルナは正真正銘、アルディアの聖女。セシリア妃とは格が違います」

途端、ライオネルがまとう空気の温度がぐんと下がり、低い声が響く。

「――宰相。彼女に、民を納得させられるだけの資質と魅力があると？」

ライオネルに潜む、隠しきれない苛立ちと怒り。

宰相は興奮のあまりそれに気づかないのか、気づいていても無視しているのか……、意気揚々としてルナを促した。

「ええ。よく見てください」

「ルナを見てくださいませ、聖王様」

ルナは宰相の言葉を繰り返すと、口元の位置で拝むように指を絡めて両手を握り、小首を傾《かし》げて意図的な上目遣いをライオネルに寄越した。

どの角度なら自分の可愛らしさを強調できるのか、計算し尽くしている気がする。

だがそれに、ころりと参ってしまうライオネルではない。

非情にも思えるほど、冷たい目をして撥《は》ね付けている。

ライオネルが乗ってこないことに焦ったのか、宰相はさらに上擦った声で急かした。

「聖王陛下。我が娘以上に、清廉潔白な聖女はおりませぬ。女神アルディアが唯一認めた娘。よくよくご覧ください。しかもこの美しさはアルディア──……！」

「よくよくご覧くださいませ！」

目の前で、繰り広げられている茶番劇。

それを見ていたセシリアは、呆れ返る一方で、むかむかが止まらなかった。

(わたしにも一応、モブなりのプライドはあるみたいね。わたし……この国の宰相に、この痛々しいあざとぶりっ娘以下だと思われているんだと思ったら、すごくむかついてくる)

確かにルナは可愛い部類に入るが、それくらいの外見レベルの令嬢なら他にもいるし、知性と教養に優れた貴族令嬢は、もっとたくさんいる。

よりによってなぜ宰相は、こんな娘を養女にして、王妃にしたいと思ったのだろうか。

それともこういうふりをするのが効果的だと、宰相が指導したのだろうか。

（ルナが王妃に相応しいと、本気で思っているの？　それともなにか魂胆があるの？）

やがてライオネルが、面倒臭そうに吐き捨てた。

「馬鹿馬鹿しい猿芝居はいい。耐えがたき戯言《たわごと》には、もう付き合っておられぬ」

するとセシリアの耳に、ちっという舌打ちが聞こえた。

聞こえて来た方向は、宰相ではない。

（え、だったら今……ルナが舌打ちしたの？）

ルナを見ると、舌打ちした人間とは思えない、媚びた笑みをライオネルに向けたままだ。

（気のせい……？）

「聖王様、だったらルナに触ってください。ルナに触ればきっと、私たちの中の女神様の力が反応してぴっかりします。ルナが本物だってわかるはず。偽者王妃が仕組んだ演出に騙されないで」

そう言うと、ルナはドレスを翻して壇上に駆け上がった。

セシリアは咄嗟《とっさ》に椅子から立ち上がり、玉座の前で両手を広げてルナを阻む。

「王の御前です。王の許可なく、玉座に近づくことは許しません！」

だがルナはセシリアに悪態をつく。

「ルナが可愛すぎるからって、嫉妬は醜いですよ、元王妃様」

ルナはふふんと笑うと、すばしっこい動きでセシリアの制止を振り切ってライオネルの横に立つ。

「ルナ。そこから下りなさい！」

「下りたいのなら、元王妃様がどうぞ。聖王様、ルナに触ってくださぁい……」

ルナが甘えた声で、肘掛けにあるライオネルの手を取り、大きな胸に導こうとした瞬間だ。

「——無礼者！　私に触れるな！」

ライオネルはルナが手に触れる寸前で、彼女を宰相に向けて突き飛ばし、怒号を響かせた。

「礼儀も恥も知らない、こんな娘が王妃だと？　どこまで私を愚弄する気だ⁉」

ライオネルの殺気だけがぐんと強まり、その場にいる者は凍りついた。

壇の下で宰相を下敷きにして腰を摩《さす》るルナも、さすがに青ざめた顔をしている。

激昂《げっこう》しているライオネルは、穏やかで慈愛深い聖王の姿から程遠かった。

彼は玉座から立ち上がるとセシリアを横に引き寄せ、ルナとともに立ち上がった宰相に言い放つ。

「その者が女神に祝福された聖女で、王妃に相応しいだと⁉　冗談でもおぞましい。我が王妃は、ここにいるセシリアひとり！　それ以外は、未来永劫認めぬ！」

（ライ……）

セシリアは感動に、目頭を熱くさせた。

「それに宰相。我が王妃を貶める歌を流したところで、民が騙されると思うのか！」

「私が流したという証拠はあるまい。民たちが勝手に歌っただけのこと」

宰相は飄々《ひょうひょう》と言い退け、含んだ笑いを見せた。

「宰相。化かし合いはもういい。私が……本当に気づいていないとでも思っているのか。気づいているから、貴族たちは緊急招集には現れなかった。もうすべて、わかっているのだ！」

だが宰相は、驚いたり震えたりする様子はない。

「ほう。ご存じなら話は早い。だが……私から力を削《そ》げば、私を御せるとでもお思いか？」

彼には、開き直って強気でいられる根拠があるのだ。

宰相はこう続けた。

「私が望む王妃を娶れば、しばらくは王でいさせてやったのに……。国を支えてやった私への恩を忘れ、私の意に逆らい、その生意気な女を王妃にし、私を切り捨てようとする。私の最後の慈悲を拒み、あくまでその女を王妃にするというのなら……そんな王は必要ない。民から罵倒される惨めな王として、あの歌の通りに歴史から葬り去られるがよい！」

これが宰相の正体なのだろう。

この傲慢さがアルディアを蝕み、ライオネルを苛んできた。

「宰相。この国の王になるつもりか」

「逆にお聞きしましょう。私以外の誰が、この国を統べられると？」

宰相は、笑いながら続けた。

「女神の力を持たぬから王の資格がないとでも？　今まで力なき者が、この国を統治してきたではありませんか。実質、私がいてこそ国は回っていた。私こそが、王に相応しい！」

宰相は権高な自分の言葉に酔いしれている。

セシリアは思わず、怒りの声を出した。

「なんと不届きな……。女神アルディアの天罰が下りますよ！」

「女神など怖くもないわ！　私には女神も手出しができない、大きな力がある。それをこの国に根付かせてきた。すべては……」

宰相が顔を歪めさせて言葉を止めたのは、ライオネルが声をたてて笑ったからだ。

「以前から色々と準備をしていたようだが、私に勝てない決定的な要因がある」

なにひとつ臆すことなく、超然とした態度に、宰相の眉が跳ね上がる。

「お前自身、神の力を感じ取れないこと。結果が出てからでしか、神の力の有無がわからないこと」

「なにを……」

「だから星見で真実を視ることができる大神官を恐れ、殺した。星見を継承する彼の愛弟子もろとも。星見ができぬよう、目を斬ってから。……これで真実は永劫に明るみに出ることがない。そう安心していたのだろう、宰相よ」

宰相は眉を潜ませ、くつくつと笑うライオネルの真意を推し量っている。

「お前は大神官を見誤っていた。彼は……私がその愛弟子を助けることを知り、そして目が見えなくても身体で知覚できる星見の奥義を伝授していた。彼女に、私の力になれと言い残して」

「助け……伝授……そんなはずは！」

「彼女は生きている。名を変えてひっそりとな。そして彼女の星見で、私はアルディアの力を阻むものの正体を知り、お前は何者なのかを知れた」

宰相はかなり動揺しながら、声を荒らげた。

「私が何者かなど、誰にも知り得るはずがない。虚勢を張って、でたらめを言うな！　戯《ざ》れ言《ごと》を吐くしかできない無能な王だから、傾国の王妃とともに滅びることになるのだ！」

「……言っただろう。もうすべて、わかっていると」

ライオネルはゆっくりと、不敵に笑う。

「お前は、前王の縁戚などではない。それどころかアルディア人ですらない。……隣国であるカスダール皇国の者だ。もっと詳しく話そうか。お前は……協定が締結される前にアルディアを狙っていた、前皇王の甥《おい》だ」

宰相はじり、と一歩退いた。

「前皇王の密命で、アルディアから女神の力を奪えば、庶子でも出世できるはずだったのに、前皇王の死によって情勢が変化。何度皇国に戻っても、和平を望む現皇王に煙たがれた。反皇王派と手を結ぶも帰るべき国を失い、それならいっそこの地で野心を実現させようとした」

即ち、野心とは――国王になること。

「王になれさえすれば、皇国だろうとアルディアであろうと構わない。身分を偽って潜入したアルディアでうまく立ち回り、宰相として王同等の権力を握ったことにより、自分こそがアルディアの王に相応しいと勘違いした。不遜にも」

「な、な……！」

この動揺ぶりは、図星のようだ。

「お前が少しでも神の力を感知できたら。いや……その前に、驕《おご》らずに可能性を考えるべきだったのだ。生まれながらに女神の力に恵まれていた私から、父上同様に神力を完全に奪えたかどうかを。お前が頼っていたものの力の大きさを、絶対視せずに」

「ま、まさか……」

ライオネルは超然として告げた。

「わずかだが、私には女神の力は残っている。だからお前が、どんな女を連れてきて聖女だと主張しても、本物かどうかはわかる。まあ、〝それ〟に限っては、それ以前の問題だがな」

ライオネルの口から名前すら出てこないルナは、ベールで俯き加減の顔を隠しているため、どんな表情をしているのかわからない。あざとい彼女の心の内までは、セシリアは読めなかった。

（ルナは、ライオネルの言葉を理解しているの？）

ライオネルの神力によって偽の聖女だと判明したら、国家転覆を企てる宰相の共犯者ということになる。あれだけ自己主張の激しいルナが、ずっとおとなしく傍聴に徹しているというのが、セシリアには引っかかるものがあり、妙に胸騒ぎがする。

「真のアルディアの聖女は、このセシリアだ。現に私に、女神の力は回復している。どんなにお前が、セシリアは王妃に相応しくないと吠《ほ》えたところで、女神は彼女を王妃として祝福している。そして、彼女のおかげで私は……父上と私の力を奪っているものの正体に行き着いた」

セシリアは、秘書官エウバの妻、ミレーヌの言葉を思い出す。

――阻んでいるのは、異国の邪神……ダールの力です。

「皇国で生まれた、地下宗教ダール教。私が禁教にした、異教の中でも特に悪質で残虐なもの。お前はその狂信者で、邪神ダールの力を利用して女神の力を無効化したんだ」

ミレーヌは触れたものの真実が視える、星見の秘儀を大神官から教えられていたのだ。

――大神官は秘密裏に、目ではなく身体で、アルディアの危機となるおぞましいダールの力を、ずっと覚えておくようにと私に言い残されました。

大神官はミレーヌが盲目となる未来を知っていたのだろう。

――私程度の星見では、視た瞬間……ダールの力で目が灼かれたことでしょう。盲目でよかった。

彼女はエウバとともに、ライオネルに恩を感じており、協力してくれた。

――陛下。アルディアの地図に触れてみます。どこにその力があるのか、わかるかもしれません。

そして彼女は、悪の波動が強い場所を数点見つけ、それがどこなのかは、優れた記憶力を持つエウバが探し出し、裏付けをとった。

「ダール神は、逆五芒星と二匹の蛇を象徴とする。王宮にダールの力を増幅させる魔道具を飾り、王宮を中央にした五カ所……お前や、お前の腹心たちの屋敷や別荘で、少年少女を蛇の供犠にした血の祭儀を頻繁に執り行い、ダールの力を強めていた」

セシリアはライオネルに補足するように言った。

「宴の時にわたしが言った……アトラス地方の窃盗団の件。少年少女が誘拐されたのは、あなたの趣味のためだけではなかった。あなたが騎士団の調査を打ち切ったのは、忌まわしい儀式に使われていることを知られたくなかったからですね」

宰相の青ざめた顔から、冷や汗が流れている。

それを冷ややかに見つめながら、ライオネルは言った。

「すでに王宮にある魔道具は破壊され、殺戮《さつりく》が繰り広げられた血の祭場は、汲《く》み取《と》ってきたアルディアの聖なる泉で浄化されつつある。一点にまとまれば、私から女神の力を奪うほど巨大な力になろうとも、ひとつひとつは、泉の力の方が勝る。もうダールの力は使えない」

「な……っ」

「同時に、お前の同胞たるダール教信者やその関係者は、禁教を信仰した罪で捕まえている」

宰相と他の貴族たちの絆《きずな》は、ダール教徒というところでも繋がっていたのだ。

宰相が最後の頼みにしていただろうその絆を、断ち切った。

「また、ダール教徒ではなかった貴族も、お前を見捨てた。それが、ここに誰も集まらない理由だ」

じり、じりと宰相が後退していく。

「そ、そんなことをしても、皇国が……」

「お前が今日の反乱演出のために、事前に用意していた皇国軍は、お前がかつて追い出した、私の忠臣たちが追い払っている。王都に控えていたお前の私兵も、すでに包囲している」

中心になって動いているのは、むろんアンフォルゼン侯とカルダール辺境伯。その他、アレクの父のスタイン伯も快く協力してくれている。

「皇国の軍は速さを誇る！　時代遅れのアルディアの兵が、振り切れるはずが……！」

「どんなに速く動く兵であろうと、りんごにつられる野生の兵の速さには勝てぬ」

それはむろん――エルピーだ。

（あれに全速力で追いかけられたら、異国の兵士もたまったものではないわよね）

エルピーの存在を知ってか知らずか、笑いながら自信たっぷりに答えるライオネルに、宰相は恐れをなしたようだ。引き攣った顔を見せて空威張りをする。

「り、りんごにつられる兵士など、戯言を申すな。そ、そんなもの、恐れるに足りん。それに、私を守るのは皇国の軍や私兵だけではない！　私はこの国の王軍をすでに掌握……」

するとライオネルは、声をたてて笑った。

「国家大逆の罪を犯した謀叛《むほん》人と、いまだにかつての部下から慕われる、愛国主義の元王軍の軍師。どちらの号令に王軍が従うべきか、比べるまでもないだろう。力よりも人心の掌握をすべきだったな。今の王軍は、私の代理として動く辺境伯の命令を待っている」

さらにライオネルは追い詰める。

「お前は、ダールの力に頼りすぎ、己の力を過信した。アルディアの王が国の危機に、守護結界を張れることを計算に入れず、私に女神の力が回復する可能性を考えていなかった。そう……この国に愛情を持たぬ輩だから、アルディアが築き上げてきた歴史そのものを軽んじた」

ライオネルは、持ち上げた片手を拳にして力を込める。

セシリアでもわかるほど、ぐん、と力の波動が広がり、彼の手が金色に強く輝いた。

それで宰相も、認めざるをえなくなったようだ。

（騎士団長とアレクを中心とした浄化がうまくいって……ライの力が戻っているのね！　そしてきっと、ミレーヌも……）

ミレーヌは星見で、生き残っている神官と神女たちを探し当て、エウバは彼が信頼する仲間たちとミレーヌの書状を届けた。

――神官制が撤廃される前、大神官は私どもを集めて言われました。時が満ちた時、私たちの祈りの力が必要になると。私が仲間たちに、その時が来たことを告げます。

ミレーヌの知らせを受けた者たちは、冤罪《えんざい》で命を落とした大神官を慕っていた。

大神官の遺志を受け継ぎ、各地より女神への祈りを捧げていることだろう。

「今、この国に満ちているのは異国の邪神の力ではない。……わかるはずもないな。王でもなく、信じる神の力すら感じられない、ただの人間には」

それは宰相の劣等感を煽る、ライオネルの皮肉だった。

「ふざけるな、ふざけるな！」

宰相は怒り狂った。

聖王を追い詰め、アルディアの歴史を変えるために意気揚々と現れたのに、まさかその聖王にやりこめられるとは思っていなかったのだ。

こんな短期間に、ぐうの音も出ないほど鮮やかに。

凛としたライオネルの声が響き渡る。

「騎士団！　国家大逆の罪で、元宰相グビデとその養女、ルナを捕まえよ」

それを合図に、室外に待機していた騎士団も合わせて、大勢が入ってくる。

「私を誰だと思っている。この国で一番偉い宰相だぞ、触るな。私に触るな！」

悪あがきする様は、どこまでも醜い。

セシリアが哀れんだ目を宰相――グビデに向けた時である。

「……なんて情けない男なの」

そう呟いたのは、騎士団のひとりに手を掴まれたルナだった。

「なにが、必ず成功する、よ。完全に出し抜かれていたのに、それを知らずにいただなんて、馬鹿丸出し。ああ、身体まで差し出してこれなんてね」

（ルナ……？）

「ルナ、ルナ……！　そんなことを言わずに、私を助けてくれ！」

グビデは取り押さえられながらも、赤い絨毯の上を腹這いしてルナの足首を掴んでその名を呼んだ。傲岸なグビデが、非力な養女に縋《すが》りついて救いを求める様は、滑稽でもあり異様でもある。

「お前の力があれば、私は王になれる。愛しいお前を王妃にして、私たちの子供を……」

取《と》り縋《すが》るグビデの手を、ルナは思いきり踵《かかと》で踏みつけた。無情にも。

「触らないでよ、この早漏ロリコンのキモいモブが」

（モブ……？）

セシリアは目を細めた。ルナは、げしげしと足でグビデを蹴っている。

「自分の無能さが招いたことでしょう？　あんたは用なし。とっとと処刑されたら？　この国の王になれるなんて夢を見られただけでもありがたいと、ルナに感謝しなさいよ」

そしてルナは、セシリアの訝しげな視線に気づいて顔を上げると、噛みついてきた。

「あんたのせいよ。あんたが悪役令嬢から王妃の座を盗むから、この世界がわけわからなくなったじゃないの！　すべてあんたが先回りして、私はすべて後手後手で。せっかく立てたフラグはあんたに折られるわ、せっかくイベントに備えて用意していても、すでにあんたが処理してイベントが発生しなくなるわ……。こんなに苦労したのに、舞踏会にすら呼ばれず王妃になれないだなんて、この屈辱、どうしてくれるの！」

（悪役令嬢？　フラグ……イベント……。まさか……）

「大体、どこの誰だかわからない、モブ中のキングオブモブが、主役である私を差し置いて、ゲームで一番の、色気垂れ流し超絶イケメンに愛されるなんて狂ってるわよ！」

キーキーと、甲高い声でルナがわめく。

ライオネルが、引き攣った顔でセシリアを見る。

彼にもわかったのだろう。

「ゲーム最高の超絶イケメン、聖王ライオネルを骨の髄までしゃぶるのは私。あんなことやこんなことさせて、めくるめく極上な官能世界を、たっぷり満喫するはずだったのに。ヒロインは、このルナよ！　愛され王妃の座を返してよ！　返せ――――っ！」

セシリアが奇妙な懐かしさを感じていた彼女は――ゲームの正規ヒロインだった。

黒髪に黒い瞳。少しあどけない顔立ち。

ああ、間違いない。

自分は前世で、彼女として七人の男性を攻略していたのだから。

（ルナと宰相殿の会話を聞く限り、彼女が裏で……宰相を唆していたと見て間違いなさそう）

……こんな残念な本性だとは知らなかった。

もう少し清楚で可愛らしい少女と思っていたけれど、自分本位であざとく思う部分が好きになれないからこそ、グローディアが好きだったのかもしれない。他のプレイヤーもきっと同じく。

実際、ゲームヒロインよりも、対立する悪役令嬢の方が人気があったのだから。

ルナに関する細々とした情報は、前世のことみたいに思い出せない。

それはきっと、ルナがこのルートのヒロインではなく、正規のキャラでもないからだろう。

この世界では、邪《よこしま》な執念で割り込んできただけの乱入者《モブ》扱いなのだ。

しかし、腑に落ちないことがある。

――お前の力があれば、私は王になれる。

グビデをその気にさせた、ルナの力とは――。

「ルナはゲームヒロインとして、アルディア様から〝魅了〟の力《スキル》を授けられているわよね」

ゲームにおいて、ヒロインだけに与えられていた、女神からの特別の力。

ただ、不特定多数へ魅了することはできず、ひとり十秒以上見つめ合わなければ効果は出ない。ゲームでは見つめる相手が選択式になるため、それが攻略キャラルートへの分岐となる。

魅了のおかげで、男性ゲームキャラは皆、彼女を愛してしまうのだ。

愛が生まれていなくても強制的に。

だがライオネルは最初から魅了されず、ルナを毛嫌いしていた。

それはライオネルが正規の攻略キャラではないからなのか、それともルナに魅了の力がなかったからなのか。それともこの世界が特殊なのか。

「それを知っているということは、あんたも転生者だったの？　あんたが画策してルナの分の魅了の力を奪ったから、モブのくせに王妃になれたのね。そのためにこのルナが、あんなグビデみたいな雑魚しか引っかけられないなんて……ふざけないでよ！」

（色々と突っ込みたい部分はあるけれど……ルナの魅了の力は、ほとんどないのね）

セシリアに力がないということを見抜けないから、〝奪った〟という表現なのだ。

ライオネルもルナに女神の力を感じないのだから、ルナに魅了の力があったとしても極々わずか。

腹黒の素を覗かせて舌打ちしていたくらいだ。攻略したい相手には媚びても魅了の力が効かず、せいぜい欲深い宰相に、一過性の白昼夢を見せるくらいしかできないのだろう。

（歩いていて美形を見つめれば恋愛イベントが起きて、愛を囁かれてちやほやされる。しかも自分で恋人にしたい相手を決められるだなんて、そんな贅沢《ぜいたく》な世界で生きた記憶を持っていたら、誰からも愛されるのが当然だと思ってしまうわね）

ゲームの犠牲になって性格が歪んでしまったことには憐憫《れんびん》の情は覚えるが、だからといってすべてをゲームの一部だと軽視して、ヒロイン特権で好きにできると考える傲慢さは許せない。

ルナと同じように、自分たちだって生きている人間なのだから。

「ルナ、あなたにこの言葉を捧げるわ」

『国に入っては禁を問え』

「ゲームだって、やってはいけないことがあるように、この世界で生きようとするのなら、まずはやってはいけないことを覚えるべきよ。あなたが男漁《あさ》りをしたいのなら、それはそれで結構。勝手にすればいい。しかしそれがうまくいかないからといって、誰かを使って反乱を起こして力尽くで手にいれようとするなんて、間違っている！」

セシリアは声を荒らげた。

するとルナは、セシリアを睨みつけて叫んだ。

「モブのあんたに、説教される筋合いはないわ！　何様なの、あんた！」

話が通じない。セシリアは、ため息をついた。

「私はね、欲しいものは必ず手に入れるの。どんなことをしてもね。せっかくゲームヒロインに転生したんだもの、当然の権利でしょう？　今は王妃ではない私でも、皆が私の味方になってくれるわ。他では許されないことでも、ルナだけは特別に許される」

ルナには狂気が滲んでいる。

「だって私は、唯一無二の……愛されヒロインなんだもの！」

自信に溢れるその笑みは痛々しさを感じるものの、大蛇を彷彿させる不気味なものも同時に感じて、セシリアはぞくりとした。

ルナが、黒い宝石がついた胸のペンダントを手に取る。

そのデザインを見て、セシリアは警戒に顔を強張らせた。

黒い宝石を取り巻く、二匹の蛇の模様。

それは、ゲームで何度か見たことがあったからだ。

（あれは……ダール教が掲げるシンボル！）

生贄《いけにえ》を捧げることで、永遠の美と富を授けてくれるという暗黒の神ダール。

その神を祀《まつ》るダール教は、ゲームで皇国ルートを攻略する時に問題となり、正しく対処しなければ、破滅エンドが待ち受けていた。

（まさか……女神に祝福されたゲームヒロインが、ダール神の方を信奉しているなんて！　だったらこの世界は、ルナによって破滅へと突き進むというの？）

そんなはずはない。ダールの脅威は葬り去ったのだ。グビデだって捕まえた。

（それなのに……ルナを見ていたら湧き起こるこの不安は、なに？）

それとよく似た不安は、ミレーヌと会って、ある忠告を受けた際にも感じた。

盲目でも明確にダールの力を探り当てた彼女が、卓越した星見の奥義をもってしても、正体を解読できない不穏な存在を感じると言ったのだ。

――不条理で不合理で……神聖なのにダール神にも似た邪悪なもの。その動きにご注意を。

それは、この世界の闖入者《ちんにゅうしゃ》である、ルナのことではないのか。

ルナが呪文のようなものを唱えながら、指で空に逆五芒星を描いた。

すると黒い宝石が金色に光り、黒い瞳もまた、同じ金色を放ち始める。

（女神の力なら、呪文なんて必要としない。だったら今、ルナに力を与えているのは……）

「――ライ、気をつけて。ルナはダールの力を操れる！」

セシリアとほぼ同時に、ルナが高らかに叫んだ。

「騎士団、王妃を殺せ！」

ルナの声とともに、騎士団の目が妖しい金の光を放った。

ゆらりと身体を揺らし、セシリアに向けるのは――殺気。

（あのペンダントは魔道具⁉　でも女神の加護があるライがいるのに、魔道具がそこまで力を発揮できるわけがない。だとすればルナ自身が……魔道具に宿るダールの力を増幅できるのね！）

ルナに操られた騎士団員たちが、一斉にセシリアに襲いかかる。

「させるか！」

ライオネルはセシリアを背に隠し、片手を上げて女神の力を行使する。

ずん、というような重い音をたてて、なにかの波動が波紋状に走り抜けた。

次の瞬間、騎士団員から殺気はなくなり、正気に戻る。

「……くっ、防護の力が戻りつつあるのに、女神の力がルナに対しては素通りしてしまう。他の者のように、ルナからダールの力を消すには……！」

ライオネルの力は守護。女神が敵と見なすものに発動する力だ。

しかしルナは、女神から僅少とはいえ力を授けられている。

それゆえ、同じ女神から祝福を受けるライオネルの力は、ルナへの攻撃を弱めてしまう。

「ライ……ペンダント！　ルナのペンダントを壊せば！」

ライオネルが騎士団のひとりから剣を奪い、ルナの胸元の黒い宝石に突き立てようとした瞬間、ルナは、両手を後ろで縛られておろおろしているグビデをライオネルに向けて突き飛ばした。

ライオネルは剣がグビデを貫かぬように、寸前で方向を変えたが、その隙にルナは騎士団員を擦り抜けて、広間の横壁に飾られた、王家の紋章が描かれたタペストリーを両手で押した。

すると壁がぐるりと半回転し、ルナが向こう側に消える。

ルナが消えた壁はもう動かず、ライオネルが叫んだ。

「そこは王都へ続く隠し通路のひとつ。宰相から聞いていたのか！　ルナを捕まえろ！」

◇・◇・◇

カビ臭い石造りの通路を駆け抜けながら、ルナは高揚する気持ちを抑えきれなかった。

この先にあるのは、ゲーム最高のシナリオが待つ、ハッピーエンドの舞台だ。

謁見の間でグビデが予想外の間抜けぶりを発揮し、目論《もくろ》んでいたことはすべて先回りされて封じられてしまったけれど、王都に出てしまえばこっちのもの。

収穫祭で賑わう王都の真ん中で、ルナが華々しく神々しく、派手な演出が用意された女神の神託をすることで、民たちから聖女であることを認められ、王妃になって欲しいと熱望される――そのための準備がすでに整えられていることは、さすがに聖王でも気づいていないはずだ。

そんな一大イベントを盛り立てるため、前もって、ルナがアイデアを出した歌を、グビデが旅商人経由で民に広め、民たちの間に聖王と王妃に対しての不信感を煽っていた。

予定ではダール教仲間の貴族たちを引き連れて、王都に向かうはずだった。才覚も人望もないグビデのせいでそれが叶わず、注目度が少し下がってしまうけれど、王都で神託をすれば、熱狂する民がルナを、本来の愛されゲームヒロインの姿に戻すだろう。

自分は誰からにも愛され、絶賛される存在――それは絶対不変の真理なのだ。

あの転生モブが王妃となって聖王から愛されるのは、あの女がなにかの裏技を使って、ルナから女神の力を不当に奪ったからだ。あのモブが、愛されヒロインだったからではない。

「ゲームヒロインは、ルナなのよ。それを思い知らせてやる！」

やがて通路の終焉《しゅうえん》が見え、燦々《さんさん》と輝く陽光が差し込んでくる。

噴水のある中央広場はすぐにわかった。

広場には、グビデの手下が煽動《せんどう》した多くの民が集まり、ルナの登場を待っているはずだ。

歓喜に心が躍り、顔に笑みが浮かぶ。

しかし――。

「どうして……誰もいないの？」

収穫祭で賑わっているはずなのに、人はおろか露店すら出ていない。

しかも女神の神託を行うための珠も用意されていない。

「なによ、これ……。ルナがやって来たのに……！」

呆けたように、ぽつんと突っ立っているルナを、訝しげに見る通行人がわずかにいるだけだ。

しかしすぐ、ルナは気を取り直す。

「……構うもんか。集まらなかったら、集めればいいだけよ。ルナは、ダールの力で不特定多数を魅了できるんだから！」

ルナは女神の力はからっきしだったが、ダール教の怪しげな儀式に長年身を投じ続けた甲斐あってか、ダールの力を増幅できるようになった。だが力を使うと、身体にかなり負荷がかかる。

その弱点を補うのが、ダール教の秘具であるこのペンダントだった。

このペンダントがあれば、体力も魔力も尽きることなく、ダールの力を増幅し続けることができる。

この国の民を全員、魅了し続けることだって可能だ。

「グビデがもっと早くに、ペンダントを手に入れてくれていたら、あんなモブ女など出張らせなかったのに。つくづく仕事ができない男よね。イケメンじゃないし、気にするのは自分の体裁ばかり！」

元々グビデなど、国王にする気もなかった。

王妃になるために、適当に話を合わせていただけのこと。

負荷がかかるダールの力を使わなくてもルナに魅了されているから、道具として最適だったのだ。

あんな役立たずで無様な男など必要ない。助けたいとも思わない。

欲しいのは、超絶イケメンに溺愛されて贅沢ができる未来だけ。

——さあ、この国ごと聖王を手に入れよう。

民が賛美して従うこの国の王は、ルナだ。

王の命令には、聖王だって逆らえない。
聖王の持つ女神の力がルナを封じられないことは、実証済みだ。
ルナの国なのだから、思いきり好きなことをしよう。
ルナは地面に座り込むと、呪文を唱えた。
ペンダントから光る金色が、次第に広がりを見せて、波打っていく。
だが——。
ガツン、という衝撃音とともに、ルナの身体が地面に叩きつけられた。
「いったぁぁぁぁい。なに……ん？　わ、私の歯が！」
前歯が一本抜け落ちていた。
不届き者は誰だと見上げると、影が落ち、馬のいななきが聞こえた。
空高く飛ぶのは、天馬の如き白馬。
そこには、赤いくせ毛のメイドが、後ろに深紅のストレート髪の女を乗せていた。
誰だかわからない。
眩しさに目を眇《すが》めると、深紅の髪を靡かせた女がこちらを見た。
太陽を背景に、蔑んだ目で見下ろし、不敵に笑う。
それで、わかった。
「ああ……、あんたなのね」

ルナは心底嫌いだった、ゲームキャラクターのひとりを睨《にら》み返した。

高慢で冷酷で、周囲を惹きつけるのがうまい悪の華。

魅了の力もないくせに、ヒロインよりも咲き誇る艶やかな花。

男を使って残忍な方法で退場させても、また次のルートで邪魔をしに出てくるしつこい女。

そして今もまた、追いかけてくるとは。

たとえドリル状の巻き髪でなくても、自分が主役だといわんばかりの可愛らしいドレス。

しかもメイドを連れて、白馬で登場ってなに？

ゲームのあるシーンで、取り巻きの男を利用して追い詰めたルナに、彼女はこう言った。

――あなたに矜持はないんですの？　この恥知らず。

あの冷めた目と声を思い返すだけで、腸《はらわた》が煮えくり返る。

「あの女がいる限り、私は……脅かされる」

だからだろう、このぞくぞく感。戦慄なんかではない。

「負けるものですか」

ゲームヒロインの誇りにかけて、天敵である彼女には絶対、勝たねばならない。

「――グローディア！」

◇・◇・◇

セシリアは、ライオネルとともにルナを追って、温室に繋がる隠し通路を走った。

流行《はや》り歌によって、民は王と王妃に不安を募らせている。それをルナがダールの力で煽れば、民がどう暴走してしまうかわからない。

バサバサバサ。

突如鳥の羽音がして、宙を旋回する白鳩がライオネルの差し出す手に留まる。

「――グローディアからの伝書だ。『こちらは任せてください』とある。エウバの屋敷にいたこの白鳩が、グローディアに懐いてくれていたおかげで、実に素早く伝達ができたようだ」

「……っ」

「それと、これはグローディアとともにいるマリサからだな。『アンフォルゼン夫人が用意した荷台にて、領民たちがセシリア様を救いに王都へ集結。疑わしき者たちの捕縛と、収穫祭の延期と外出禁止の伝達は速やかに完了』ともある」

「お父様とお母様が、領民たちを……！」

歌に惑わされず、駆けつけてくれる民がいるということは、どんなに嬉しいことだろう。

「ガイルとアレクがアルディアに潜むダールの力を完全浄化できたら、ルナも力を失う。それまでの時間稼ぎ、ルナにダールの力を喚起させないよう、グローディアとマリサは必ずやってくれる。皆の力を信じよう」

ライオネルは、すでにグビデの企てを見抜いていた。

――緊急招集で貴族を呼び出したグビデは、ダール教徒の絆を主張して勢力を作り、王に女神の力がない証拠として、王都でルナを使って、魔石の珠で神託をしてみせるつもりだろう。

――派手な演出で民を騙したあとは、王妃を貶《けな》す流行り歌は真実だったのだと思いこませ、女神の名において民を巻き込んで反乱を起こすつもりだ。

だからライオネルとセシリアが、謁見の間にてグビデを引き留め、その間に王都にいるグローディアとマリサが、神託の儀のために用意された小道具を見つけて壊し、その協力者を捕まえる。

その一方でガイルとアレクが騎士団員を連れて、ダールの力に穢《けが》れた場所の殲滅《せんめつ》と浄化、そして関係者や教徒の逮捕をする。

またエウバは、ミレーヌが星見で探し出した元仲間たちに協力を要請したあとは、地域の警備隊に掛け合って、逃亡者が出ぬよう検問強化に走り回っている。

ルナの正体がわからなかったために、王都へ逃してしまったが、グビデの野心は、謁見の間に姿を現した時よりすでに、打ち砕かれていたのだ。

「大丈夫だ、セシル」

ライオネルは泉に浸かった時のように、金色に包まれる自分の腕を見る。

「俺たちには――女神もいる」

セシリアは強く頷いた。

「そうね。わたしたちの信じる女神は……ダール神なんかに負けない」

「ああ。これ以上民を、グビデの……ルナの野心を叶えるための道具にしてたまるか」

ここは女神アルディアの国だ。

女神に祝福された王が統べる国だ。

野心を持った異教徒に、乗っ取らせたりしない。

信じよう。

国を愛する気持ちは、必ず悪を倒すのだと。

自分は、ひとりではないのだと。

「よし、温室に着いた！」

匂い立つバラの花――。

懐かしいと思う暇もなく、ふたりが温室を出た瞬間だった。


ゴーン。

突如、鐘の音が鳴り響いたのは。

ゴーン。

「これは……この鐘の音は！」

セシリアはライオネルと顔を見合わせる。

「ああ、アルディアから……グビデがもたらしたダールの力の影響は、完全になくなったんだ。……感じる。泉に浸かった時のように、女神の力を全身に……！」

ライオネルは、歓喜の笑みをこぼした。

「邪《よこしま》な力がなくなったから、鐘が鳴ったんだ。だとしたら、今頃王都は……」

ふたりは頷きあって、走った。


王都では、歓声が上がっていた。

「アルディアの鐘が鳴っている。アルディア様がご降臨されたんだ！」

この慶事に民たちは皆、こぞって家から出た。

それを止めようとした者がいなかったのは、誰もがその場でひざまずいて両手を合わせ、込み上げる歓喜に涙していたからだ。

セシリアとライオネルは、そんな民を目の当たりにして、悟る。

どんなに国が変わろうと、どんなに女神の影が薄れようと、彼らの心から、女神は消えていなかったことを。いかにグビデが力でねじ伏せようとも、変わらぬものもあった。

それこそが、今後も大切にしなければいけないものだと。

やがて……誰かが叫びながら、駆けてくる音が聞こえてきた。

「来ないでよ、来ないでよ――っ」

それは、ひび割れたペンダントを大きく揺らしたルナだ。

ベールはなく、太股まで裂けたドレスは汚れがついて黒ずんでいる。

前歯は折れて顔は腫れ上がり、髪もぐちゃぐちゃな彼女は、ゲームヒロイン……いや女性として、あまりにも悲惨すぎる醜態を晒していた。

蛇行して走るルナを追いかけるのは、白馬だった。

そこにはアリサと、セシリアに手を振るグローディアが乗っている。

「お姉様、アルディアの鐘が鳴っています。ダールの脅威は、アルディアからなくなりました！　もう大丈夫……民を惑わせるものはありません。アルディアは……安泰です！」

その笑顔は、誰よりも眩しい。

そんなグローディアの声など聞こえないらしい、必死に逃げるルナの声が響いた。

「なんなのよ、一体なんなのよ。高飛車な悪役令嬢はタイマン張ってくるし、あのメイドはびゅんびゅんナイフ飛ばして、ペンダントを壊すし。ルナの心臓に突き刺さったらどうするのよ！」

グローディアとマリサは時間を稼ぎ、ルナをやり込めてくれていたのだ。

その結果――。

「こんなに人が出てきたのに、呪文を唱えても誰ひとり操れない。増幅させるどころか、ダールの力そのものがなくなるってなによ。少しくらい、ルナのために力を残してくれていたっていいじゃない！皇国まで行って色々なものを捧げて、ようやく手に入れた神力だったのに！」

ルナはペンダントを壊され、ダールの力を使えないまま、時間切れ。

この世界を滅亡へと導こうとしたゲームヒロインの野心は、最後に元悪役令嬢に砕かれた。

裏でどんな戦いが繰り広げられたかは、ルナの姿を見て想像するしかないが、これだけは言える。

「グローディア、最高！」

セシリアは全身を歓喜に奮わせ……小さくガッツポーズをした。

それを見たライオネルは声をたてて笑いながら、セシリアをそっと引き寄せる。

「そんな最高の悪役令嬢に育て上げたのは、お前の功績だぞ。セシル」

長年の努力が報われたような気がして、セシリアは嬉しさに照れたように笑った。

やがて、北方より白い狼煙《のろし》が立ち上る。

「ライ……！」

「ああ。辺境伯やアンフォルゼン侯たちが、皇国軍を捕らえ、降伏させたようだ」

民がライオネルとセシリアに気づいてざわついた頃、ガイルとアレクが戻ってくる。

部下たちが連行している者たちは、ひとまず王宮の地下牢《ちかろう》に入れられることになった。

「ご苦労」

ライオネルの言葉に、ガイルとアレクは臣下の礼をとる。

アレクはグビデの屋敷から、裏帳簿を見つけて持参したらしい。

それでなくとも国家転覆を目論んだのだから、極刑は免れないだろう。

（さて……）

グビデはこのルートから退場した。

あとは、ルナだけだ。

魅了した男に頼ることができないルナは、すばしっこく逃げ回っていたが、やがて馬を下りた天敵に捕まる。

元悪役令嬢の、勝ち誇ったような高笑いが響いた。

「をーほっほっほっ！」

（ああ、この声は……）

興奮にぞくぞくしながら、セシリアはそちらを見つめる。

「さあ、捕まえましたわ、ルナ！」

グローディアがルナの手を掴んでいる。

「離してよ、私はゲームヒロインよ。誰か、助けなさいよー！」

魅了の力を無くしたルナに、差し伸べられる手はない。

彼女もまた、グビデ同様、このルートから見捨てられた存在《モブ》なのだ。

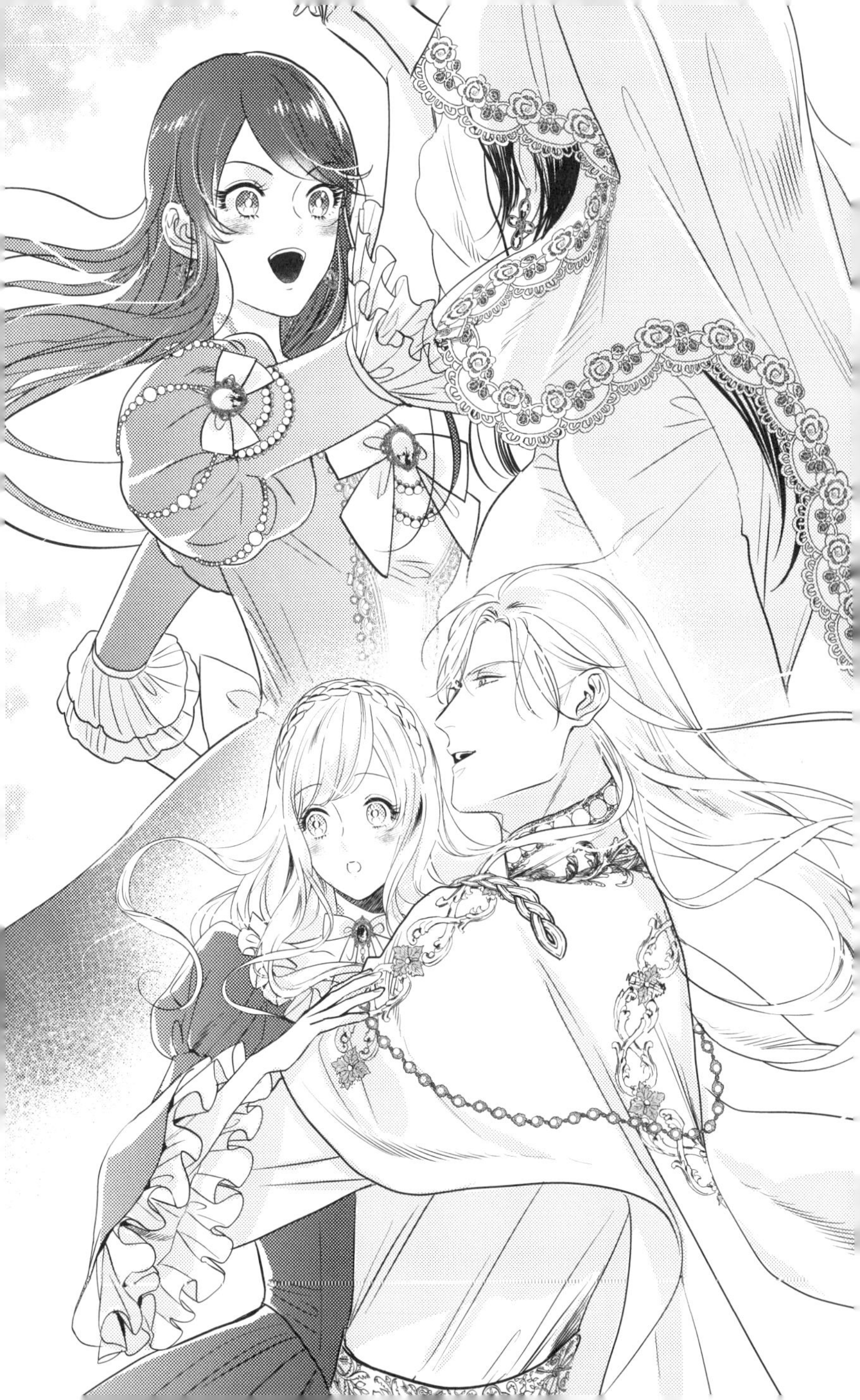

「ゲームヒロイン？　あら、あまりにも貧相で地味すぎて、モブのひとりかと思いましたわ。顔のないモブの方が、まだましかもしれませんわね。そんな醜い歯っ欠け、見るに堪えませんもの」

「な……。ルナに向かってなに？　なんなの、ゲームヒロインに、あんたなんなのよ！」

あのルナが、グローディアには涙目だ。

「あら、何度も名乗りましたのに、覚えられないなんて、頭が相当お悪いようですわね。では、あなたのために、もう一度教えて差し上げますわ」

その笑みは、艶やかに咲く悪の華。

グローディアは片手で、激情の色に染まるストレートの髪を跳ねあげて告げた。

「私は、偉大なる聖王ライオネル陛下の正妃・セシリア妃の妹にして、陛下の忠臣、騎士団副団長アレク・スタイン侯爵の妻（予定）。元悪役令嬢のグローディア・スタインですわ」

そんな肩書きを持つ悪役令嬢は、セシリアの知るゲームにはいない。

そう、これがセシリアの事実《リアル》の世界。

「どうぞお見知りおきを。元ヒロイン様？」

ここには、誰かに決められたヒロインはいない。

誰もが、輝く権利を持っている。

「元ってなに。元って……！　私は現役の……」

そしてルナはセシリアを見つけたようだ。

「許さない！　折角《せっかく》ゲームヒロインに転生したのに、バラ色の人生になるはずだったのに、あんたが王妃になるから、ルナがこんな目に！」

そしてルナは近くにいた騎士団員から剣を引き抜くと、奇声を上げてセシリアに突進してきた。

「ヒロインの座を、渡すものか！」

鬼気迫る顔を見ながら、セシリアがルナに感じたのは恐怖ではない。

哀れみだった。

セシリアの前にライオネルが立ち、ガイルとアレクも両脇を固めて、剣の柄に手をかけた。

しかし一番早く動いたのは、ルナの後方にいたマリサだった。

疾風のように走って高く飛び跳ねると、宙で弧を描いた足で、ルナの持つ剣を蹴り上げる。

そして身体を捻ってライオネルの前に着地し、仕込みナイフを手にしてルナを威嚇した。

まるで小さな猛獣のようだ。

（マリサ、すごい……）

アレクが部下に命じた。

「王と王妃に剣を向けたダールの魔女を捕まえ、牢《ろう》へ投獄せよ！」

「なにを言うのよ、このモブ騎士！　離せ、離せ！」

じたばたするルナを叱咤《しった》したのは、そばにやってきたグローディアだ。

「お姉様に手をあげるなんて……許さない！」

グローディアの平手打ちが炸裂《さくれつ》し、ルナから歯が飛んだ。

「それと……私の自慢の旦那様（予定）に、モブモブ言わないでくださる⁉」

さらに反対の頬にも平手打ちを食らい、ルナからまた一本、歯が飛んだ。

無惨な面持ちになったルナに、グローディアは冷ややかな眼差しを向け、超然と笑った。

「ふふ、ゲームとやらでは随分と仲良くしていただいたようで。しかし生憎《あいにく》、私はその記憶がないので、ゆっくりと教えてくださいます？　断罪の時を待つ、冷たい孤牢の中で」

「いやよ！　ヒロインなのに断罪なんて、絶対いや！」

「ここまでしておきながら、無罪放免になると考える頭の中を覗いてみたいものですわ。ヒロインならヒロインらしく、最期の最期まで健気に可憐に咲いてみせてくださいませ。命尽きるその時まで、お役目のまっとうを」

「いやああああああ！」

大騒ぎするルナは、騎士団員に縄でぐるぐる巻きにされた上で引き摺られ、場から退場となった。

鐘の音に負けずに響く、元悪役令嬢の高笑い。

「――をーほっほっほっ！」

それがルナに届いたかどうかは、確かめる術はない。

ライオネルが驚いた顔で呟く。

「これがあのグローディアか」

高笑いに鳥肌がたったのか、彼は腕を摩《す》っている。

「ええ。これがあのグローディアよ。今まで散々、ヒロインによってどんな惨《むご》い最期を迎えるのか、未来を教えてきた。積年の恨みを晴らすべく、少しばかり高揚しているようだけど」

「少しばかり、か？」

そんなグローディアを妻に迎える予定の副団長は、興奮に頬と首を紅く染めている。

生で聞いた悪役令嬢の高笑いに、おかしなフラグが立ってしまったのかもしれない。

「なるほど。あのルナが怯えるほどの悪役令嬢、か」

「ええ。勇ましく……そして可愛いでしょう？」

「お前の次にな」

ライオネルはセシリアの額に口づけた。

ガイルがこほんと咳払いをすると、大きな声を上げた。

「聖王陛下と、王妃の御前である。全員、敬礼！」

騎士団がびしっと敬礼し、グローディアやマリサも横に移動し、深く腰を屈《かが》める。

ライオネルはゆっくりと笑うと、髪と瞳の色を黒く染め上げる。

民たちから狼狽《うろた》えた声がする。

「まさか……ライ？」

「え、あのライが……聖王？」

それは王都で交流してきた職人だった。

彼らは青ざめた顔をして座り込むと、額を地面に擦りつける。

「顔を上げてくれ。今まで黙っていてすまなかった」

戸惑う民たちに、ライオネルは微笑んだ。

「いくら女神の力があるとて、私は神ではない。人として限界はある。お前たちの願いのすべてを叶えることはできないだろう。だが、ともに良き方法を考え、解決へと繋げていけるような、そんな……お前たちに寄り添える王でありたい」

（ライ……）

「お前たちの信頼に足る王になると、女神アルディアに誓おう。私は……女神が加護し、お前たちの先祖と先王たちが培ってきたこの国の伝統を受け継ぎながら、お前たちが自分の意思で自由に選択し、決定していける、新しい国にしたいのだ」

ライオネルが凛とした声を響かせた。

「その第一歩として、今ここで……女神の神託の儀を廃止することを宣言する」

民はざわついた。

「女神の言葉に従うなというのではない。神託の儀をせずとも、女神は各々の心の中にいる。女神は皆に語りかけているのだから。私は女神の言葉を伝えるだけの王ではなく、女神を愛する民のために考える王でありたいのだ」

セシリアも静かに頷くと、ライオネルに促されて私見を述べた。

「まずは……心ない歌の流行を許し、皆さんを惑わせてしまってごめんなさい。その中でわたしと陛下を信じて駆けつけ、協力してくれた方々のおかげで、この国は今日、異国の異教徒に乗っ取られずにすみました。……ありがとう。勇敢な……アルディアの民たちよ」

セシリアは、見慣れた領民たちの顔をひとりひとり見つめると、微笑んだ。

「セシリア様が歌のような人でないことは、アンフォルゼン領に住む俺たちが知っている」

「そうよ。馬鹿だよねぇ、誰がそんな歌が真実だと信じるかっていうの！」

セシリアを慕う領民たちの声に、セシリアは目頭を熱くさせた。

「それはライ……聖帝陛下だって同様だ」

張り合うようにして、声を上げたのは王都の職人だ。

「あなたは本当に私たちのことを親身に考えてくださった。私たちが築き上げてきたアルディアの伝統を守り、さらに発展できるよう、色々と考え動いてくださった」

「そうですよ。ダンドクロワッサンの利権を守ってくださったことといい、おふたりがなさってくれたことは、我々にとっては女神様の慈愛そのもの。それがわかっているのに、女神の力がないから王じゃないだの王妃じゃないだの、くだらないですよ」

それはパン屋の主人だ。

「陛下は前々王や前王とは違う。我ら民を守ろうとしてくださるおふたりが作る国の未来に、期待しましょうよ。発想豊かなあのライ様とセシリア様なんですから！」

そうだと同調した声があがる。場が盛り上がると、少なからずセシリアを疑っていた他の民たちは、バツの悪そうな顔をして俯いていた。しかし周囲に溶け込むようにして、笑顔でふたりを称えた。

（大丈夫。民は……信じてくれる。わたしたちのしてきたことは、無駄ではなかった）

ライオネルはセシリアに頷くと、民を見渡して言った。

「よければこの先も……私や王妃と話してくれぬか。私たちはお前たちとの会話が、やりとりが……とても楽しいのだ。私たちの生まれたアルディアをどう盛り上げていくか、どうすれば楽しいと思える国になるか、ともに考えてはくれぬか。故意的に歪められた悪しき情報に惑わされず、お前たちの目で真実を見抜いてほしいのだ」

この王は今までの王とは違うと、民は悟る。

女神や一部の選ばれた人間のためではなく、自分たち民のために在る王になろうとしているのだ。

女神の意思を伝達するだけの、顔もよくわからなかった存在ではない。

こうして手を差し伸べるため、自分たちが住まう地に下りて顔を見せてくれる。

民たちは、神々しさを強めるライオネルの姿に、女神アルディアの姿を重ね見た。

女神アルディアは王に降臨されたのだと。

だから、鳴らなかったアルディアの鐘が鳴ったのだ、と――。

民たちは感動に身を震わせ、涙を流した。

「聖王様、もちろんです。またお話をさせてください」

「陛下、王妃様！　また王都においでください。お待ちしていますから」

自分たちの王だと認めた民たちが、笑顔で唱和を始めた。

その中にはガイルもマリサ、アレクとグローディアもいる。

「聖王様、万歳！」

「王妃様、万歳」

「女神アルディア様、万歳！」

「アルディア国、万歳、万歳！」

アルディアの民よ、我を賛美せよ
さすれば我、汝らに愛の恵みを与えん
アルディアの民よ、我の祝福を受けし者を称えよ
さすれば我、汝らを災厄から守護せん
アルディアの民よ、我の鐘を鳴らせよ
さすれば我、汝らのもとへ降臨せん

どこまでも続く青空の下、高らかに、そして荘厳に鐘の音は響く。

賛美の歓声と拍手が鳴《な》り止《や》まない中で、どこからか現れた白い小鳥の群れが羽音をたてて、蒼穹を横切った——。

エピローグ　あなたと生きていくために

月を変えて改めて行われた収穫祭は、盛大に執り行われた。

今年からは王都限定ではなく、アルディア全体で開催されることになったのだ。

元々領地は貧富の差がある上、領主がダール教信徒だったり不正をしていたりしたことで、国外追放や処刑となり、領主がいなくなってしまった領地もある。

ライオネルは速やかに人事を行って新たな領主を任命。

二十に再編した領地を均《なら》すため、こんなイベントを開催した。

地域の特産品を必ず使い、アルディアにしかない名産品を領地ごとで考え出すこと。

販売価格は上限と下限が決められており、その範囲内であれば名産品の種類は問わない。

また作り手ではない者や、異国からの旅人には、二十のマス目が印字された台紙が配られた。

それぞれの領地で名産品を買えばスタンプをひとつ押され、すべてのスタンプ印を集めれば、最終地点の王都で豪華賞品と交換できる。

また人気投票で一番だった領地には、王からの報奨が与えられる。

「――セシル。お前が提案した〝収穫祭スタンプラリー〟、大好評だな」

ライオネルは満足そうに、セシリアに笑いかけた。

爽やかな風が吹くテラスからは、たくさんの人が集まる王都が見える。

あちこちで花火が上がっており、各地で呼び込みをしているようだ。

「わたしは、そういう集客方法もあるわよと言っただけ。それを採用し、種を蒔《ま》いたのはライよ」

そう。このイベントは、きっかけにしかすぎない。

領主と領民が団結し、各地の特色を生かしたアルディア特有のものをともに考えること。

スタンプを求めて国の隅々まで人が来ることで、アルディア全体の観光となること。

名産品や特産品を気に入った相手がいれば、商人組合を通して商売ができるようにすること。

また、集客のためには、安全な交通整備をすることが必須だ。

それに気づけば、様々なアイデアが生まれ、王都や各地に散らばる職人たちは喜んで、得意技術に磨きをかけてアルディアの発展に尽くすだろう。

「来月から設けた民との交流会、どんな意見が出てくるのか、今から楽しみだ」

「ええ。アルディアは、地方も中央も関係なく、わたしたちが自慢できる素晴らしい国。それが民にも、異国にも伝わればいいわね」

「ああ。それと今回、各地の名産品はすべて、女神の存在を打ち立てたものだった。それがアルディアなのだと民が自負し、それを対外的にも強く訴えられれば、アルディアの伝統は守られ、異国の邪教徒たちが入る込む余地はなくなる」

目映い陽光が、プラチナブロンドの髪を煌めかせた。

「もう二度と、グビデのような存在を生み出してはいけない」

セシリアも力強く頷き、同意した。

グビデとルナが起こした事件は、グビデの処刑、孤牢に入ったルナの永久幽閉にて幕を閉じた。

ルナを処刑にしなかったのは、自称愛されヒロインにとって、永遠にハッピーエンドを迎えられないまま、窓もない暗い孤牢でひとり惨めに朽ちていくことこそ、一番の重刑と考えたからだ。

ルナと一緒にダール教の怪しげな儀式に参加した貴族たちは、ルナは聖王に一途《いちず》な純情乙女ではなく、呆気にとられるほど好色で、イケメン好きは相当だったと口々に証言した。

女神の力が発揮できない代わりに、ダールの力を手に入れようとしてグビデと出逢い、虜《とりこ》にすることで彼に寄生して生きてきたのだろう。

所詮ルナにとってこの世界は、ゲーム感覚なのだ。だから倫理や常識が狂っている。

そのことにきっと、ルナは気づくことはないだろうけれど。

「皇国はどうするの？」

異国でも恐れられる辺境伯は、ライオネルの代理として王軍を従え、捕らえた皇国軍についての処遇と責任を皇王に迫った。

グビデを支援していたのは、和平を強く望む皇王と反目している、前皇王一派の将軍であることが判明。グビデは自分がアルディア王になった際には、彼らを優遇して、皇国への反乱の手助けを約束していたという。グビデは自分を捨てた皇王にも、復讐《ふくしゅう》しようとしていたらしい。

父親同様に人格者としても名高い皇子はこの事態を重く見て、グビデに加担した者をすべて処刑した。その上でアルディアを訪れて聖王に直接謝罪し、その裁定に従うという。

皇国の次期皇位継承者が、一触即発状態の国を訪れるということは、捕虜にされたり殺害されたりする可能性もあるということ。彼も皇王も、その危険を覚悟してまで、グビデを差し向けた皇国の重大な非を認め、誠意ある謝意を伝えようとしていた。

そこに魂胆はないのかを確かめるため、辺境伯は皇子と刃を交わしたとか。

——がはははは。強い正義心がある皇子が次代の王になれば……必ずや陛下のよき友となり、皇国は我が国にとってかけがいのない親交国となりましょうぞ！

「……辺境伯が太鼓判を押すほどの器なら、俺も会ってみたい。とりあえず今は血生臭い展開を避け、ダール教の取り締まりなどを盛り込んだ、平和的解決ができるよう話を進めるつもりだ」

慈愛深い聖王ならではの、よりよい解決となるようにと、セシリアは祈るしかできない。

「いい天気だな。少し前まで、国家を揺るがす嵐があったとは思えない穏やかさだ」

「ええ、本当に。あの慌ただしさが夢みたい」

「落ち着いたらまた、旅行しようか。今度はアンフォルゼン領も見てみたい」

「ええ、是非！　領民たちも喜ぶわ。辺境伯のところほどではないけれど温泉もあるし」

「もちろん、子宝温泉だよな？」

耳元に囁かれ、セシリアの腹を撫でられる。

「ふ、普通に美肌と疲労回復だけで……」

「ふふ。だったら俺たちがそこで愛し合ってお前が孕めば、子宝温泉として有名になる。てっとりばやくて、中々いい集客アイデアだろう？」

「……もう！」

セシリアは軽く睨んで、そして笑った。

「グビデの一件で、大きな変化があったとすれば……お父様が張り切って宰相の政務についたことね。昔なら地方の領地を捨てても、喜んで中央に戻ってきたでしょうけど、まさか要請に、期間限定を自ら条件に出して、通いの宰相になるとは」

「彼は弁えているんだ。古き者の役割を。そしてエウバを未来の宰相にするために、見本を買って出てくれた。エウバなら、グビデとアンフォルゼン候双方の仕事を見て、なにを大切にすべきかを学び取る。そしていつか、庶民でも優れた才を持つものを登用できたらと思うよ」

辺境伯は、王軍の指南役として復帰して兵を鍛え、後々ガイルを軍師にしたいと公言している。

それゆえガイルは、部下たちからも現王軍の軍師からも、〝軍師団長〟と呼ばれることになり、荷が重いとライオネルに愚痴をこぼしているそうだ。

――諦めろ。ガイルなら間違いなく、歴史に残る軍師になる。これからもよろしくな。

公私ともに、ライオネルとガイルの付き合いは長くなりそうだ。

「意外だったのは……グローディアとマリサが仲良くなったことね。グローディアには取り巻きはいたけれど、心を見せて話せる相手がいなかった。だからマリサと、きゃっきゃと嬉しそうに話しているあの子を見ると、わたしも嬉しいの」

「同い年で、しかもどちらもセシルを慕っている。マリサも任務ばかりに明け暮れた日々を過ごしていたから、同じ志を持ってともに戦い、ルナに勝利したグローディアは、自分に近しい存在に思えてくるんだろう。年相応の娘に戻ったようだと、ガイルが笑っていた」

「わたし、勇ましくて可愛い妹をふたりも持てて嬉しいわ」

「マリサが妹？　お前の夫はガイルじゃないだろう？」

ライオネルがむくれて見せたため、セシリアはぷっと吹き出してしまい、ライオネルも声をたてて笑いながら、セシリアをもっと近くに引き寄せた。

セシリアはライオネルの肩に頭を預けて、幸せな時間を満喫する。

「グローディアとアレクの婚儀は、もうすぐか」

「ええ、もうすぐで……待ちに待ったグローディアのハッピーエンドが見られるわ」

妹を幸せにしたくて奮闘してきたあれこれを思い出し、感慨深くなる。

うっとりと目を細めて、セシリアは呟いた。

「誰よりも美しい花嫁になることでしょうね」

「……それには同意はできん」

「え、どうして？」

「セシル以上に美しい花嫁などいないからだ」

ライオネルは艶然とした目を細めて笑う。

「アレクには悪いが、昔も今もこれからも、お前を超える女など出てはこない」

ライオネルの指が、セシリアの唇を撫でる。

「触れれば触れるほど愛おしくなる。抱けば抱くほど離したくなくなる。俺のすべてで幸せにしたいと思う最高な女は、お前のみ」

「……っ」

「侯爵令嬢だった時も、王妃となった今も、俺を虜にしているのは……お前という存在だけだ」

熱を帯びてくる琥珀色の瞳から、視線をそらすことができない。

「初めて会った時から、お前の表情、お前の感情、俺だけに見せてくれるお前の素の部分が、強く俺を惹きつけてやまないんだ。たとえ俺が王でなくとも、お前がただの庶民でも、何度でも同じことを言うだろう。お前以上の女はいないと。俺は最高の女を手に入れたのだと」

そのままのセシリアを、ライオネルは最初から愛してくれている。

――モブだろうが、庶民だろうが、侯爵令嬢だろうが、外側なんてどうでもいい。お前がセシルだから興味を持った。その時点で十分、お前は価値がある。

王都で会っていた時から告げられていた、変わらない言葉は、どんなにセシリアの心を感動に奮わせるものなのか、ライオネルはわからないだろう。

「お前への想いを呑み込んでいた時。お前をようやく王妃にできた時。あの頃の強い気持ちは薄れることなく、いまだ熱く渦巻いて、俺の胸の中にある」

それはセシリアも同じだ。

十分に満たされているはずなのに、あの時のようにライオネルが愛おしくて仕方がない。

ライオネルは切なげな顔を近づけ、掠れた声で囁く。

「熱くて、熱くて……胸が焼き切れそうだ……」

ゆっくりと唇が重なった。

くちゅりくちゅりと音をたて、角度を変えてなおもキスは繰り返される。

鼻腔《びこう》に広がるのは、バラの甘い香にも似た……艶やかな彼の匂い。

妖艶さを強める、彼の欲情した香りだ。

温室での初めての触れ合いを思い出す。

彼に愛してほしかったあの頃と同じ……いや、それ以上の熱い想いがセシリアの中にもある。

愛は底なしだ。尽きぬ泉のように、溢れてくる。

ライオネルから愛されるとさらに、彼へ向かう気持ちが止まらなくなる。

愛おしさと至福感が快感を煽り、頭の芯まで蕩けそうだ。

「ふ、あ……んんっ」

縺れるようにしてねっとりと絡んだ舌が、互いの愛を伝え、確かめ合う。

不可抗力的に、暴力的に、湧き上がって溢れる愛。

それをもてあましているのに、さらなる愛を甘受したくて、ふたりは急いたようにキスを深めた。

「お前を……抱きたい」

キスの合間に漏れる、切なげな懇願。

それは、温室でのレッスンで、ライオネルが口にしなかった言葉だ。

あの時、どんなにそう言ってくれることを望んだだろう。

あの時よりも、女の魅力は出たのだろうか。

ライオネルを乱せる女に、なれたのだろうか。

「セシル……お前が欲しい」

身体が熱く濡れてくる。

愛する人に求められて、嬉しくないはずがない。

こくりと頷くと、ライオネルはセシリアを横抱きして寝室に運んだ。


ゴーン。

今日、二回目となるアルディアの鐘が鳴り響いた。

鐘塔にあるアルディアの鐘は、手動で鳴ることが確認できたため、一日四回、昔と同じ時刻に鳴らされることになった。

神聖なる鐘の音が響く王の寝室で、セシリアは寝台に四《よ》つん這《ば》いになって尻を持ち上げている。

その下に逆さまでいるのは、仰向《あおむ》けになったライオネルだ。

ライオネルは下から、セシリアの尻を左右に開くようにして、蜜でぬかるんだ秘処を啜っていた。

セシリアの白い尻がふるりふるりと揺れ、艶めかしい。

(ああ、だめ……そんなに強く吸われたら……！)

彼女が嬌声を上げないのは、ライオネルの剛直を頬張《ほおば》っていたからだ。

——ライ、今日はわたしに、ご奉仕をさせてほしいの。初めてだから拙いけど……。

愛の証明にとそう申し出たはずなのに、ぎこちない奉仕に声を漏らして感じてくれるライオネルが愛おしくて、そしてあまりにも妖艶すぎて、奉仕しながら腰を揺らしてしまった。

するとライオネルがとろりとした顔で向きを変えさせ、彼もまたセシリアを口淫し始めたのだ。

(ぞくぞくが止まらない。わたしが、ライに奉仕しているはずなのに……)

セシリアは身体に走る快感の波をやり過ごそうと、ライオネルの愛撫に専念した。

ライオネルの剛直は、筋張って強靱な男を主張している。

もっと生々しい異生物のようなものを想像していたが、ライオネルのそれは、セシリアをうっとりさせるほど色艶も形も美しいものに思えた。

女神に愛された男のものだからなのだろうか。

妙な背徳感を覚えつつ、雄々しいそれの先端をちろちろと舌を動かして舐めながら、太い軸を両手で上下に扱《こ》く。先端からこぼれる雫《しずく》が、熱杭のぬめりを強めていった。

（ああ、聖王陛下の蜜……）

唇を窄《すぼ》めて先端から溢れる雫を吸い取り、舌を回すようにして堅い部分を舐める。

不意にセシリアの秘処に熱い息が吹きかけられ、悩ましい声が漏れ聞こえた。

口の中のライオネルがびくびくと震えて、一段と逞しさを見せる。

（感じてくれているんだわ。嬉しい……）

しかし喜悦感は長く続かない。なぜならライオネルの舌が忙しく動き、蜜で濡れた花園を掻き回され、それどころではなくなったからだ。

「ん、んんっ」

強烈な快楽の波が、セシリアを追い詰めようとする。

「あぁ……俺のを口に含んで、こんなに蜜をしたたらせて……。なんていやらしく、可愛いんだ」

愛を込めて奉仕をすれば、同じように愛を込めて奉仕される。

自分が快感を拾うのは、彼を口淫しているからではないかと錯覚すると、セシリアは自分自身を愛撫しているような奇妙な感覚に囚われた。

それはライオネルも同じなのか、セシリアの蜜を舌で舐めとりながら、蜜口に指を入れて抜き差しを始めつつ、ゆっくりと腰を動かすようにしてセシリアの愛撫を受けている。

同じ感覚を共有しているような不思議な心地だ。

喘ぎ声を隠さず、快楽をふたりでわかちあっていると、果てが近いことを互いに感じ取る。

朽ちる時は、見つめ合いながら一緒に――。

「ライ……」

「セシル……」

互いの名を呼ぶだけで、気持ちは通じる。

ふたりは横臥《おうが》に向き直って抱きしめ合うと、足を絡ませながら濃厚なキスをした。

ライオネルは舌を絡ませながら、セシリアの片足を持ち上げて、剛直を滑らせてくる。

今までセシリアが口で愛していたそれは、より熱く膨張して男らしさを強めていた。

「あ……ライ……っ」

擦られているだけなのに、果ててしまいたくなるほど気持ちがいい。

彼の熱、彼の逞しさ……すべてが愛おしくてたまらない。

ふるりと震えながら、ライオネルを感じて熱い息をこぼしていると、ライオネルは熱に蕩けた琥珀色の瞳を細めて、甘やかに言った。

「俺の腕の中で、生涯……俺に愛されろ」

「……っ」

「寵愛などいう生温《なまぬる》いものではなく、溺れて息ができなくなるほどの愛を、これからもお前に捧げるから。……愛してる」

セシリアの目から、歓喜の涙がこぼれ落ちた。

その涙を唇で掬《すく》い取《と》ったライオネルは、男の顔になる。

その意味するところがわかり、セシリアは頷いた。

「俺のつがいに、愛の祝福を」

その呟きの直後、後背位にさせられたセシリアは、質量あるものでずぅんと奥まで貫かれた。

「あ、ああっ」

深層までみっちりと押し入ってきたのは、ごつごつとして太くて硬い灼熱の杭。

それはいつも以上に猛々しい。

穏やかな聖王の影も形もないのに、存在感と圧迫感は引き継ぎ、容赦なく内壁を擦ってくる。

ライオネルが欲しくて蜜で溢れていた蜜壷は、奥まで蹂躙する剛直に狂喜して、少しでも長く引き留めようと、強く収縮して彼を締めつけていた。

「う……。セシル……そんなに締めつけるな。あぁ……っ」

苦しげだが艶めいた声に、セシリアの身体はさらに熱くなる。

大きく腰を打ちつけられるたびに、はしたない声がとまらない。

犬のような隷属した姿勢で貫かれて、嬉しいと尻を振る自分。

そんな浅ましい自分を、どうか丸ごと愛してほしい。

「ライ、ライ……奥、気持ち、いい……」

「ああ、気持ちよすぎだ。セシル、お前の中……ああ、うねってる……！」

感じてほしい。

彼を愛してやまない、自分を。

彼に愛されることに、悦びを感じる自分のすべてを。

（わたしは……ライだけの女）

ライオネル・アルディアという、ただひとりの男のつがいだ。

この身、この心――すべてを彼に捧げよう。

「ライ……愛してる。ライ……っ！」

悲鳴のような愛を口走ると、背後から手を引かれて唇を奪われた。

ねっとりと舌を搦ませつつ、両胸を強く揉まれ、腰を回しながら奥深くまで突いてくる。

どこまでもライオネル一色に染まる、この悦び。

魂までひとつになりたい。

そう思える男性を寄越してくれたことを、女神アルディアに感謝する。

自分は、黙したまま流されて終わる、哀れなモブではない。

誰かを引き立てるためだけに生きる、陰の存在ではない。

愛していると、こんなにも彼に伝えることができる。

飽くことなく、こうして愛を交わせる相手がいることは、なんと幸せなことなのか。

「ああっ、ライ。ライっ」

「セシル、奥に放つぞ。俺のすべてを受け止めろ」

余裕をなくしたライオネルの合図とともに、怒濤のように押し寄せてくる快感の波。

快楽という暴虐的な愛に呑み込まれ、泣き叫びながら達したセシリアに、ライオネルの咆哮《ほうこう》と震えが伝えられ、熱い飛沫が最奥に注がれた。

「セシル、愛してる――」

ライオネルは、セシリアに縋るように抱きしめながら、嘘偽りないすべての愛を注ぎ込んだ。

それが嬉しくて顔を緩めたセシリア見て、ライオネルは幸せそうに微笑む。

ふたりは多幸感に酔いしれながら、何度も抱き合い、唇を重ねた。


甘い余韻が残る中、腕枕をするライオネルに甘えて、彼の逞しい胸板に頬を擦りつける。

「どうした？」

優しいその瞳は琥珀色なのに、セシリアが好きになった黒色にも見える。

どの色でも、セシリアが愛する男性には変わらない。

「ライ、わたしね。そのままのわたしでいいと、どんなわたしでも愛してくれると、あなたに言ってもらったのがとても嬉しかったの」

「……そうか」

ライオネルは甘やかに微笑み、セシリアの頭を優しく撫でた。

「わたし……この世界に生まれてきてよかった。あなたが、わたしの王でよかった」

「俺もだ。お前がいる世界に生き、お前が俺の王妃でよかった」

ライオネルは涙を滲ませるセシリアを抱きしめると、額に唇を落とした。

「数多《あまた》ある未来の中から、俺とともに進む道を選んでくれて感謝する。セシル」

「ライ……」

「後悔はさせない。お前が苦労して辿り着いたこの世界、お前ごと……全力で幸せにする」

その目には、はっきりとした意志がある。

ここはもう、結末が定められた創作《フィクション》の世界ではない。

登場人物たちが試行錯誤で作り上げる、実話《ノンフィクション》の世界だ。

どんな未来が訪れるのか、わからないことは不安がつきまとうけれど、生きていれば当然のこと。

「俺との物語は、ここで幕を閉じると思うなよ。ゲーム最高と言われる、この聖王《俺》を攻略したんだ。

難易度が高かった分、とことん愛するから」


かつて、強烈な存在感を示す悪役令嬢に憧れた。

自分も、誰かの心になにかを残す、特別な存在になりたかった。

名もなく、顔もないまま、消えてしまいたくなかった。

しかしもう、誰かを羨むことはない。


「愛してる。セシル……我が王妃」

「わたしも心からお慕いしております。ライ……わたしの聖王」

女神が祝福するこの世界で、ありのままに生きていこう。

モブの自分を見つけ出し、選んでくれた愛おしい人とともに。

愛するあなたが隣にいてくれる——それだけでこの人生、大団円《ハッピーエンド》なのだから。

あとがき

はじめましての皆様、お久しぶりですの皆様、奏多と申します。

ガブリエラブックスさんでは二冊目となる、拙著『悪役令嬢のモブ姉ですが、攻略してないのに腹黒陛下に溺愛されています⁉』をお手に取っていただき、ありがとうございました。

今作は私にとって、商業本初のファンタジーＴＬになります。

それまで現代日本を舞台にしたＴＬばかり書いてきましたが、転生や悪役令嬢もののヒストリカルはどうかとのお話をいただき、今回チャレンジさせていただくことになりました。

私が趣味丸出しで書いていた非王道ファンタジーとは違い、ＴＬについてはお約束を踏みつつの、ＴＬ特有の安心&安定した世界観があることを実感しながら、とにかくヒーローであるライオネルと、ヒロインであるセシリアを幸せにすべく、試行錯誤で何度も大幅な改稿を重ねてきました。

それだけにようやく本としてできあがったことは感慨深く、非常に思い入れのある作品になりました。

この物語の舞台は、女神アルディア信仰が盛んなアルディア国。

自分がとあるゲームのモブだったことを思い出した侯爵令嬢のセシリアが、最推しの悪役令嬢である妹を断罪される運命から救おうと奮闘してきた結果、妹が王に溺愛されて王妃になるはずの隠しルートで、なぜか自分が王妃に選ばれてしまうという、不条理な舞踏会からスタートします。

セシリアは王都で逢瀬を繰り返していた想い人がいて、彼との幸せが目の前にある。

そんな彼女を王妃にと直々に所望したのは、策士であり、不屈な精神を持つ聖王ライオネル。

ゲーム本編では、一番の美貌を持つ非攻略キャラで、情報が非公開だった謎めく存在のモブです。

隠しルートで初の攻略キャラとなった聖王と、攻略をしようともしていなかったのに結婚することになってしまった、永久モブのはずのセシリアが、どんな王妃となり、聖王とともに愛を育んで歩んでいくのか。

また、聖王がゲームの強制力に負けない精神をどこで鍛えたのか、彼を取り巻く人間関係と、そしてセシリアが鍛え上げた妹……悪役令嬢がどうなるのかも、最後まで一緒に楽しんでいただけたら幸いです。

この物語では『モブ』という、その他大勢のひとりとして消え去る「顔なし・名なし」の脇役でも、本人の努力があれば輝くことができるし、愛されヒロインになれる。誰かのためにと頑張ってきたことは、決して無駄には終わらない――そんな想いを込めさせていただきました。

コロナ禍を始めとした様々な制約が多い昨今、モブのようにただ流されて諦めさせられて、自分という存在が希薄になりがちになりますが、いつ誰のどんな影響によって、未来が転じるかわかりません。

私も小さい頃は、作文や感想文が本当に嫌いで、長期休みの宿題をするのを最終日まで引き延ばし、

泣きながら書いていた記憶があります。それがなぜか今は……（笑）

色々と紆余曲折があり、昔になりたかった夢とはまったく違うことを生業にしていますが、「あの時こうだったのは、今このためのものだった」と思えるほど、物語を綴るということが楽しくてたまらない毎日を送っているので、セシリアもそうであってほしいなと思って書いていました。

実は初稿で、私が勝手に心でつけていたサブタイトルは『モブたちの反乱&自己主張』。

とにかくモブたちがわらわらと、主役になりたいと切々と訴えて登場し、引っかき回していました。

そこから何度も形を変えた本作で、生き残れたモブはかなりしぶといです（笑）

最終稿で出てきたモブ（人間外を含む）もいて、やはりモブの主張が激しかったこの『モブ姉』。

アレクとグローディアの物語も同時進行で考えていたこともあって、裏設定はたくさんあるのですが、多くの登場人物たちの想いが錯綜する世界で、誰かにとってはモブでも、誰かにとっては重要人物になる。

そんなこの物語が、ご覧くださった皆様の心に、なにかを残せれば幸いです。

最後になりましたが、書籍刊行にあたり、ご尽力くださいました方々に、御礼申し上げます。

私にファンタジーを書かせてくださり、時間と戦いながらも、見捨てずに何度もご指導くださった編集担当者様、出版社様、デザイナー様、出版に関わってくださったすべての方々。

いつも応援くださる読者の方々。

今回もまた、皆様のお力添えがあり、素敵な本に仕上げていただくことができました。

心より感謝致します。

また、表紙及び挿絵のイラストをご担当くださいました、藤浪まり先生。

何パターンも用意してくださったキャラデザイン画から、ひとつを選ぶのが本当に難しいくらい、細やかなところにも気を遣い、こうして美麗なイラストを描いてくださり、どうもありがとうございました。

神々しく男らしいライオネルに愛され、セシリアは私の想像以上に幸せな顔を見せてくれました。

そして、本書を手に取ってくださった皆様に、最大の感謝を。

またどこかで、お会いできることを祈って。

奏多

ガブリエラブックスをお買い上げいただきありがとうございます。
秦多先生・藤浪まり先生へのファンレターはこちらへお送りください。

〒110-0016　東京都台東区台東4-27-5（株）メディアソフト
ガブリエラブックス編集部気付　奏多先生／藤浪まり先生　宛

gabriella books

MGB-088

悪役令嬢のモブ姉ですが、攻略してないのに腹黒陛下に溺愛されています!?

2023年6月15日　第1刷発行

著　者　奏多《かなた》

装　画　藤浪《ふじなみ》まり

発行人　日向晶

発　行　株式会社メディアソフト
〒110-0016
東京都台東区台東4-27-5
TEL：03-5688-7559　FAX：03-5688-3512
https://www.media-soft.biz/

発　売　株式会社三交社
〒110-0015
東京都台東区東上野1-7-15
ヒューリック東上野一丁目ビル３階
TEL：03-5826-4424　FAX：03-5826-4425
https://www.sanko-sha.com/

印　刷　中央精版印刷株式会社

フォーマットデザイン　小石川ふに（deconeco）

装　丁　吉野知栄（CoCo. Design）

ISBN 978-4-8155-4314-3